CARAMBAIA

ORGANIZAÇÃO E POSFÁCIO
RAQUEL TOLEDO

TRADUÇÃO
LETÍCIA MEI, PRISCILA MARQUES E RAQUEL TOLEDO

Sumário

Na Rússia

Na imigração

Na Rússia

Em lugar de política

Para Konstantin Érberg[1]

Sentaram-se para almoçar.

O chefe da família, um capitão reformado, com o bigode caído como se estivesse molhado, os olhos redondos e surpresos, mirava ao redor com cara de quem tinha acabado de ser arrastado para fora da água e ainda não conseguira voltar a si. Aliás, essa era sua cara de sempre, e ninguém da família se incomodava.

Depois de olhar com muda estupefação para a esposa, para a filha, para o inquilino que alugava

---

1 Konstantin Érberg, pseudônimo de Konstantin Aleksándrovitch Siunnerberg (1871-1942), foi um poeta simbolista e filósofo, membro do grupo artístico Mundo da Arte. [TODAS AS NOTAS SÃO DAS TRADUTORAS.]

um quarto em sua casa, almoço e querosene inclusos, meteu o guardanapo na gola e perguntou:

— E onde está Piétka?

— Só Deus sabe onde eles andam fazendo hora – respondeu a esposa. — Para escola só vai debaixo de paulada, para casa não volta nem para um pãozinho. Está enrolando com os garotos.

O inquilino deu um sorriso e acrescentou uma palavra:

— Está certo, é tudo política. Muitos protestos. Onde tem adultos, lá estão eles.

— Eh, não, meu querido – o capitão esbugalhou os olhos. — Essa história, graças a Deus, acabou. Nada de conversas e tagarelices. Já chega. É hora de cuidar das coisas, não de matraquear. Bem, agora estou aposentado, mas não vou ficar à toa. Vou inventar alguma coisa, vou pegar minha patente e, para vergonha da Rússia, vender em algum lugar no estrangeiro.

— Que tipo de coisa o senhor vai inventar?

— Bom, isso eu ainda não sei. Mas vou inventar algo. Meu Deus, quanta coisa ainda não foi inventada! Por exemplo, digamos, vou inventar um aparelhozinho que toda manhã, em determinado horário, me acorde. Basta girar o pino, e ele desperta. Que tal?

— Paizinho – disse a filha –, mas isso é um despertador.

O capitão ficou surpreso e se calou.

— Sim, o senhor está certo – observou com delicadeza o inquilino. — Nossa cabeça ficou atordoada pela política. Agora sentimos o pensamento descansar.

Entrou voando na sala um menino corado, estudante do terceiro ano, deu um beijo na bochecha da mãe e gritou alto:

— Digam: por que se diz gin-ásio e não gin-áfrico?

— Por Deus! Ficou doido? Onde você se meteu? Por que se atrasou para o almoço? A sopa até esfriou.

— Não quero sopa. Mas por que não é gin-áfrico?

— Vamos, passe aqui o prato; vou lhe servir a costela.

— Por que se diz cós-tela e não cinto-pincel? – perguntou diligentemente o estudante, e entregou o prato.

— Deve ter ficado de castigo hoje – supôs o pai.

— Por que se diz cas-ti-go e não cas-mim-go? – o estudante resmungou, enfiando um pedaço de pão na boca.

— Não, o senhor está vendo este tonto? – perturbou-se o surpreso capitão.

— Por que se diz cabelos encaracolados e não cabelos encaramujados? – perguntou o estudante, estendendo o prato para repetir a porção.

— O quê? Será que não tem vergonha do pai e da mãe?!

— Piétia, quieto! – de repente, a irmã soltou um grito. — Diga, por que se diz ca-fé e não ca-dúvida? Hein?

O estudante pensou por um minuto e, levantando os olhos para a irmã, respondeu:

— Porque é pan-talão e não semi-cupom!

O inquilino soltou umas risadinhas.

— Semi-cupom... Ivan Stepánovitch, o senhor não acha graça? Semi-cupom! – Mas o capitão estava totalmente desconcertado.

— Sónietchka! – disse para a esposa em tom de lástima. — Tire esse... Piétka da mesa! Eu lhe peço, faça isso por mim.

— Não pode fazer isso você mesmo? Está ouvindo, Piétka? Papai mandou você sair da mesa. Já para o seu quarto! Não vai ganhar doce!

O estudante ficou amuado.

— Não estou fazendo nada de errado... Todo mundo na turma fala assim... Só eu pago por todos!

— Não adianta, não adianta! Está resolvido, saia! Não sabe se portar à mesa, então vá para o seu quarto!

O estudante se levantou, arrumou o casaco e, afundando a cabeça nos ombros, caminhou até a porta.

Ao ver a criada passando com um pudim de amêndoa, ele soluçou e, engolindo o choro, disse:

— Isso não se faz... tratar assim os parentes... Sou inocente... Por que se diz ino-cente e não ino-santo?

Por alguns minutos todos ficaram em silêncio. Em seguida a filha disse:

— Posso dizer que eu sou cul-pada e não cul-pata.

— Ah, pode parar você também! – a mãe acenou para ela. — Pelo amor de Deus, já não é mais uma menininha...

O capitão se calou, movendo as sobrancelhas em espanto, e resmungou algo.

— Ha-ha! Que beleza – regozijou-se o inquilino. — Eu também pensei em uma: por que se diz jevu-zém e não jove-zém? Entendeu? É francês. *Je vous aime*. Quer dizer "eu te amo". Eu sei um pouco de línguas, ou seja, tanto quanto uma pessoa da sociedade deve saber. Não sou nenhum linguista, claro...

— Ha-ha-ha! – a filha caiu na risada. — E por que é Dubró-vin e não Rubló-gin?

De repente, a mãe se pôs a pensar. Seu rosto ficou tenso e atento, como se ela estivesse apurando o ouvido.

— Pare, Sáchenka! Espere um minuto. Como é... Esqueci de novo...

Ela olhou para o teto e piscou os olhos.

— Ah, sim! Por que é traço... não... por que é lesma... não, não é assim!

O capitão cravou os olhos nela horrorizado.

— Está gritando por quê?

— Pare! Pare! Não me interrompa. Sim! Por que se diz traçar e não lesmar?

— Ah, mamãe! Mamãe! Ha-ha-ha! Por que se diz pa-paizinho e não...

— Saia, Aleksandra! Quieta! – gritou o capitão, e saltou da cadeira.

—

O inquilino demorou para dormir. Ele se virava na cama e ficava pensando no que iria perguntar no dia seguinte. A senhorita lhe mandara dois bilhetinhos pela criada. Um às nove horas: "Por que se diz abraçar e não apernar?". Outro às onze: "Por que se diz bata e não afague?".

Ele respondeu a ambos em tom adequado e agora se torturava tentando pensar no que poderia oferecer a ela no dia seguinte.

— Por que... por que... – murmurava ele sonolento.

De repente, alguém bateu baixinho na porta.

Ninguém respondeu, mas a batida se repetiu.

O inquilino se levantou e enrolou-se no edredom.

— Ai, ai! Que traquinagem é esta! – ele riu baixo, abrindo a porta, e de repente deu um salto para trás.

Diante dele, ainda totalmente vestido e com uma vela nas mãos, estava o capitão. Seu rosto admirado estava pálido, e um pensamento tenso e insólito fez mover suas sobrancelhas redondas.

— Peço desculpas – disse ele. — Não vou atrapalhar... Só um minuto... Eu pensei...

— Em quê? Uma invenção? Foi isso?

— Eu pensei: por que se diz a-Nilo e não a-algum outro rio? Não... eu pensei outra coisa... tinha saído melhor... Aliás, peço desculpas... Talvez eu esteja importunando... Não conseguia dormir, vi a luz acesa...

Deu um riso torto, curvou-se e sumiu rapidamente.

O advogado da moda

Naquele dia havia pouca gente no tribunal. Ninguém esperava uma sessão interessante.

Nos bancos atrás do tabique três jovens rapazes de *kossovorótka*[1] suspiravam aflitos. Nos lugares para o público havia alguns estudantes e senhoritas, no canto estavam dois repórteres.

O próximo caso era o de Semión Rubáchkin. Ele era acusado, como constava do protocolo, "de

1 Camisa tradicional entre os camponeses da Rússia, que tem a gola abotoada de lado.

espalhar boatos perturbadores sobre a dissolução da Primeira Duma"[2] em um artigo de jornal.

O acusado já estava no recinto e caminhava diante do público com a esposa e três amigos. Todos estavam animados e, ainda que um tanto preocupados com o insólito da situação, conversavam e brincavam.

— Seria melhor se começassem logo – disse Rubáchkin –, estou com uma fome do cão.

— Daqui vamos direto para o Viena tomar café da manhã – sonhou a esposa.

— Ha! Ha! Ha! Vão é meter ele na prisão, lá é que vocês irão tomar café da manhã – caçoou o amigo.

— Melhor ainda na Sibéria – coqueteou a esposa –, no assentamento eterno. E eu então me casarei com outro.

Os amigos gargalharam amistosamente e bateram no ombro de Rubáchkin.

Entrou um senhor corpulento de fraque e, com um aceno soberbo para o réu, tomou lugar no púlpito e começou a retirar papéis de sua pasta.

---

2 A Duma foi uma assembleia legislativa do Império Russo. Convocada pela primeira vez após a Revolução de 1905 pelo tsar Nicolau II, a Primeira Duma durou apenas 73 dias e foi dissolvida em 8 de julho de 1906.

— E este, quem é? – perguntou a esposa.

— É meu advogado.

— Advogado? – os amigos se surpreenderam. — Mas você ficou louco? Chamar um advogado para um caso besta desses? Isso, meu irmão, é de fazer rir as galinhas. O que ele vai fazer? Não tem nem o que falar! O juiz vai logo mandar suspender.

— Para dizer a verdade, eu não tinha intenção de chamá-lo. Ele mesmo ofereceu seus serviços. E não vai cobrar nada. Disse que aceita esse tipo de caso por questão de princípios. Receber honorários seria uma ofensa. Eu, é claro, não insisti. Por que é que vou ofendê-lo?

— Ofender é ruim – concordou a esposa.

— Por outro lado, atrapalhar ele não vai. Deixe-o tagarelar por cinco minutos. Talvez seja até de alguma serventia. Quem é que sabe? Pode ser que inventem de aplicar uma multa, e então ele pode resolver o caso.

— Bom, isso é verdade – concordaram os amigos.

O advogado se levantou, alisou as suíças, franziu o cenho e se aproximou de Rubáchkin.

— Eu analisei seu caso – disse de modo soturno e acrescentou: — Tenha coragem!

Em seguida voltou para o seu lugar.

— Que figura! – os amigos soltaram uma risadinha.

— Diabo! – Rubáchkin balançou a cabeça preocupado. — Está com cheiro de multa.

—

— Todos em pé! O julgamento vai começar – bradou o oficial de justiça.

O acusado se sentou atrás do tabique e, de seu lugar, acenou para a esposa e para os amigos, sorrindo embaraçado e orgulhoso, como se tivesse recebido um elogio vulgar.

— Herói! – um dos amigos cochichou para a esposa.

— Ortodoxo! – o acusado respondeu cheio de energia à pergunta do juiz.

— O senhor admite ser o autor do artigo assinado com as iniciais S. R.?

— Admito.

— O que mais tem a dizer sobre esse assunto?

— Nada – respondeu Rubáchkin surpreso.

Nesse momento o advogado se levantou de um salto. Seu rosto estava roxo, os olhos, esbugalhados, o pescoço, inchado. Parecia que tinha engasgado com um osso de cordeiro.

— Senhor juiz! – exclamou. — Sim, é ele que está diante do senhor, Semión Rubáchkin. Ele é o autor do artigo e disseminador dos boatos sobre a dissolução da Primeira Duma, do artigo assinado com apenas duas letras, mas essas letras são S. R.[3] "E por que duas letras?", o senhor pergunta. "Por que não três letras?", pergunto eu. Por que ele, um filho frágil e fiel, não colocou o nome de seu pai?[4] Não será porque ele precisava apenas de duas letras, S e R? Não seria ele representante de um terrível e poderoso partido?

"Senhores juízes! Será que os senhores podem aceitar a ideia de que o meu constituinte é apenas um mero escrevinhador de jornal, que deixou escapar uma frase infeliz em um artigo infeliz? Não, senhores juízes! Os senhores não têm o direito de ofender este que talvez seja representante de uma força oculta,

---

3 SR era a abreviação do Partido Socialista Revolucionário, fundado em 1901 e composto de socialistas agrários, herdeiros ideológicos dos populistas russos (*naródniks*) do século XIX.

4 Em sua assinatura, Semión usa apenas as iniciais do primeiro nome e do sobrenome, omitindo o patronímico, componente obrigatório dos nomes russos.

digamos, de um núcleo, diria ainda, da essência emocional de nosso movimento revolucionário.

"'A culpa dele é ínfima', dizem os senhores. 'Não!', eu exclamo. 'Não!', eu protesto."

O presidente chamou o oficial de justiça e pediu que retirasse o público.

O advogado tomou um gole de água e continuou:

— Os senhores precisam de heróis de *papakhas* brancas[5]! Os senhores não reconhecem trabalhadores modestos que não correm para a frente quando ouvem o grito "Mãos ao alto!", mas que conduzem poderosos movimentos em segredo e no anonimato. Por acaso o líder do assalto ao banco de Moscou estava usando uma *papakha*? Usava uma *papakha* aquele que gritou de alegria no dia do assassinato de Von der[6]... Aliás, estou autorizado por meu cliente apenas dentro de certos limites. Mas mesmo dentro desses limites eu posso fazer muito.

---

5 Chapéu tradicional caucasiano feito de pele. No século XIX era parte do uniforme do Exército russo e da escolta do tsar.

6 Diretor da polícia imperial russa e ministro do Interior, Viatcheslav von der Plehve foi morto em ataque terrorista realizado pela Organização de Combate (grupo terrorista ligado ao Partido dos SR).

O presidente pediu que fechassem as portas e retirassem as testemunhas.

— Os senhores pensam que um ano de cadeia vai fazer deste leão um coelho?

Ele virou por alguns instantes e apontou para a face desnorteada e suada de Rubáchkin. Em seguida, fazendo de conta que tinha dificuldade para se afastar desse grandioso espetáculo, continuou:

— Não! Nunca! Agora é um leão, mas sairá como uma hidra de cem cabeças! Tal qual uma jiboia, ele vai envolver seu inimigo aturdido, e os ossos do arbítrio administrativo irão trincar miseravelmente sob seus poderosos dentes.

"Foi a Sibéria que os senhores designaram para ele? Mas, senhores juízes! Não direi nada aos senhores. Pergunto apenas o seguinte: onde está Guerchúni[7]? Os senhores mandaram Guerchúni para a Sibéria?

---

7 Grigóri Andréievitch Guerchúni (1870-1908), um dos fundadores da Organização de Combate, braço terrorista do Partido Socialista Revolucionário. Organizou o atentado contra o ministro das Relações Interiores Dmitri Serguéievitch Sipiáguin e de governadores de Khárkiv e Ufá. Foi condenado à morte, teve a pena comutada para prisão perpétua e escapou da prisão pela China, depois pelos Estados Unidos e, enfim, pela Europa Ocidental.

"E para quê? Por acaso a prisão, o exílio, as galés, a tortura (que, aliás, não foi aplicada ao meu constituinte), por acaso todos esses horrores poderiam arrancar de seus lábios amargos uma palavra sequer de confissão? Um nome que fosse dos seus milhares de comparsas?

"Não, Semión Rubáchkin não é desses! Ele subirá orgulhoso no cadafalso, afastará orgulhoso seu carrasco e, depois de dizer ao padre: 'Não preciso de consolo!', ajeitará ele mesmo a corda em seu pescoço orgulhoso.

"Senhores juízes! Já posso ver essa imagem nobre nas páginas do *Passado*[8], ao lado de meu artigo sobre os últimos minutos desse grande combatente, que milhares de rumores tornarão o lendário herói da revolução russa.

"Exclamarei suas últimas palavras, que ele pronunciará já com um saco na cabeça: 'Que pereçam os torpes...'"

O presidente tirou a palavra do defensor.

---

8 *Passado* (*Biloe*) foi uma coleção de documentos sobre a história do movimento revolucionário, lançada no início do século XX em Paris e Londres. Mais tarde foi publicada como revista em São Petersburgo entre os anos 1906-1907 e 1917-1926.

O defensor acatou, pedindo apenas que fosse aceito o requerimento de que seu constituinte, Semión Rubáchkin, se recusava terminantemente a assinar o pedido de perdão.

—

A corte, sem se retirar para a deliberação, alterou imediatamente o artigo e condenou Semión Rubáchkin à privação de todos os bens e à pena de morte por enforcamento.

O réu foi retirado desacordado do tribunal.

—

No refeitório do tribunal, os jovens ovacionaram calorosamente o advogado.

Ele abriu um sorriso afável, saudou e distribuiu apertos de mão.

Em seguida, depois de petiscar salsichas e beber uma taça de vinho, pediu ao escrevente que lhe enviasse a versão final do discurso de defesa.

— Não gosto de erros de ortografia – disse.

—

No corredor ele foi parado por um senhor de rosto torto e lábios brancos. Era um dos amigos de Rubáchkin.

— Está tudo acabado mesmo? Não há nenhuma esperança?

O advogado deu um sorriso sombrio.

— Não há o que fazer! Este é o pesadelo da realidade russa!

O corso

O interrogatório se estendeu demais, e o gendarme sentiu-se esgotado; fez um intervalo e foi para o escritório descansar.

Com um doce sorriso no rosto, ele já se aproximava do sofá quando de repente parou, e seu rosto se contorceu como se tivesse visto algo muito repulsivo.

Do outro lado da parede uma forte voz de baixo cantava: "Marche, marche adiante, povo trabalhador!"[1].

---

1 Referência à canção revolucionária *A varsoviana* (*Varchavianka, Warszawianka*). Trata-se da tradução para o russo do texto polonês de Wacław Święcicki, cujo refrão é: "Para um combate sangrento/ santo e justo,/ marche, marche adiante/ povo trabalhador". A canção se tornou popular nos protestos de 1º de maio de 1905.

A voz de baixo era ecoada, meio fora de ritmo, por uma vozinha tímida e rouca, abatida e desafinada: "puooovo trabalhadooouuuuur...".

— O que é isso? – exclamou o gendarme, apontando para a parede.

O escriturário ergueu-se um pouco da cadeira.

— Eu já tive ocasião de informar o senhor sobre o tema do agente.

— Não estou entendendo na-da! Seja mais direto.

— O agente Fiálkin manifestou o desejo inadiável de integrar o grupo dos provocadores. Já é o segundo inverno que ele trabalha no bonde a cavalo de Mikháilovski. Um sujeito tranquilo. Só que ambiciona além de suas atribuições. Eu, ele diz, estou perdendo minha juventude e gastando minhas melhores forças nesse bonde. Observou a lentidão de seu progresso no trabalho com o bonde e a impossibilidade de empregar suas forças excepcionais, supondo que elas existam...

"Siangrento e jiusto...", tilintava do outro lado da parede.

— Errado! – corrigiu a voz de baixo.

— E então, é um sujeito talentoso? – perguntou o gendarme.

— Ambicioso até demais. Não sabe uma canção revolucionária sequer, mas é metido a provocador. Andou se lamuriando, lamuriando... Ainda bem que existe o policial distintivo nº 4711... Ele é tudo para nós, conhece as partituras... Todos os policiais conhecem bem a letra, ficam na rua, não tem como deixar de ouvir. Mas este policial tem um ouvido excelente. Acabou decorando.

— Olha só! Estão matando a *Varsoviana* – sussurrou sonhador o gendarme. — O amor-próprio é uma coisa boa. Ele pode fazer uma pessoa virar gente. Veja Napoleão, era apenas um corso... mas acabou conquistando, hum... alguma coisa.

"Ela arde em vermelho vivo, pois nosso sangue arde sobre ela"[2] – brame o policial do distintivo nº 4711.

— Parece que já é outra melodia – o gendarme apurou os ouvidos. — O que é isso, ele vai ensinar todas as canções de uma vez?

---

2 Canção *Estandarte vermelho* (*Kraznoe známia*). Origina-se de uma canção polonesa, que por sua vez era versão de uma canção francesa (*Le Drapeau rouge*) composta por um membro da Comuna de Paris. A tradução russa é de Vladímir Akimov (1872-1921) e ficou muito popular durante a Revolução de 1905.

— Todas, todas. O próprio Fiálkin tem pressa. Diz que uma certa questão está se delineando.

— E as pessoas têm um baita amor-próprio!

"A semente do futuro..."[3], baliu o espião do outro lado da parede.

— Uma energia diabólica – suspirou o gendarme. — Dizem que Napoleão, quando ainda era apenas um corso...

No andar de baixo, descendo as escadas, ressoaram um berro e umas batidas secas.

— O que é isso? – o gendarme ergueu as sobrancelhas.

— São dos nossos, os aliados, que vivem em regime de pensão completa no andar de baixo. Estão agitados.

— Mas por quê?

— Parece que estão ouvindo a cantoria. É difícil para eles...

— Ah, diabo! Realmente, é incômodo. Talvez dê para ouvir até da rua, devem estar pensando que o protesto é aqui.

— Cão maldito! – o policial do distintivo suspira atrás da parede. — Por que é que está uivando feito

3 Verso de *Estandarte vermelho*.

um cachorro? Por acaso revolucionários cantam assim? Os revolucionários cantam de peito aberto. Seus sons são claros. Ouve-se cada palavra. Já ele fica ganindo pelas bochechas, os olhos desembestando para todos os lados. Pare de desembestar os olhos! É a última vez que digo. Vou cuspir e ir embora. Contrate um maximalista[4], se é o que querem.

— Está ficando bravo! – riu o escriturário. — É uma Figner[5] mesmo!

— Amor-próprio! Amor-próprio – repete o gendarme. — Inventou de ser um provocador. Não, irmão, isso também é uma rosa com espinhos. A corte marcial não raciocina. Se te pegarem, irmãozinho, ninguém vai verificar se você é revolucionário ou apenas um provocador. Pode espernear quanto quiser.

---

4 Referência à União dos Socialistas Revolucionários Maximalistas, partido político formado em 1906 por um racha de uma vertente radical dos SR. Eram favoráveis a ações de terror e expropriação.

5 Vera Nikoláievna Figner (1852-1942) foi uma revolucionária russa, líder do movimento Vontade do Povo (*Naródnaia Vólia*), participou do atentado que tirou a vida do tsar Alexandre II.

"Os glutões engordam com o nosso suor"[6], esforça-se o policial.

— Pfff! Fiquei até com dor de dente! Alguém o faça parar de algum modo.

— Como fazê-lo parar se ele sente em si mesmo tamanho... entusiasmo? O povo todo virou carreirista – suspira o escriturário.

— Bom, sempre se pode convencer. Diga a ele que um bom espião é tão necessário à pátria quanto um provocador. Estou com dor de dente.

"Caíram as vítimas..."[7], bramiu o policial.

"Caíram as vítimas...", baliu lamentoso o agente secreto.

— Para o diabo! – ganiu o gendarme, e saiu correndo da sala. — Fora daqui! – ouviu-se no corredor sua voz entrecortada, rouca de tanta raiva. — Canalhas.

---

6 Verso de *A Marselhesa dos trabalhadores* (*Rabótchaia Marsel'esa*), canção revolucionária russa com a melodia da *Marselhesa* francesa. Foi instituída pelo Governo Provisório como hino nos primeiros meses após a Revolução de Fevereiro (1917).

7 Canção composta a partir dos versos de Anton Aleksándrovitch Arkhángeski (nome verdadeiro Assómov) (1854-1915), escritos nos anos 1870. Nos primeiros anos depois da Revolução de Outubro (1917), passou a ser a marcha fúnebre oficial.

Se metem a provocadores, mas não sabem cantar a *Marselhesa*. Envergonham a instituição! Corsos! Eu vou mostrar os corsos para vocês!

A porta bateu. Tudo ficou quieto. Atrás da parede alguém soluçou.

Feriado santo

Como uma tocha, eles passavam uns aos outros
As boas-novas, e como de uma tocha
Eu acendia todo o meu fogo com ela
Dos relatos da vida dos primeiros cristãos

Samóssov estava soturno, olhava o diácono que espalhava o incenso e disse-lhe em pensamento: "Balance, balance! Está pensando que vai acertar o bispo? Segure a algibeira!".

Lenta, mas firmemente, deu uma cotovelada no garoto ao lado, que tentava se aproximar do chefe que estava ali rezando. Queria estar à vista: foi para isso que viera.

O chefe estava com a esposa e a sogra.

— Trouxe a esposa! – Samóssov fez o sinal da cruz. — Mas é um cara de pau mesmo! Tem quarenta amantes e veio para a igreja, até pintou as sobrancelhas. Pelo menos ela se envergonha diante de Deus. Já ele é um idiota, casou-se pelo dote. Ela, é claro, aceitou! Para não morrer de fome.

— Cristo ressuscitou! – disse o padre.

— Ressuscitou de verdade! – respondeu Samóssov comovido. — Até a sogra ele trouxe! Como não trazer? Se a deixasse, pode ser que ela quebrasse a louça ou arrombasse o cofre. Ela seria capaz de negociar as próprias filhas. Pariu esses monstros e agora negocia. Nem um chapéu decente compraram para a velha. Parece que de gozação meteram uma galocha na cabeça dela. Para que todos escarnecessem. Não há o que dizer! Eles respeitam a velha. Quer queira, quer não, foi ela que os pariu! Não adianta tentar escapar! Balance, balance o incenso! Arquimandrita! Vai receber a sede episcopal.

A missa terminou. Com um senso reverente de dignidade, Samóssov se aproximou do chefe.

— De verdade, he-he!

Oscularam-se.

A mãozinha da esposa do chefe. A mãozinha da sogra.

— He... he! Que prazer ver no meio dessa multidão de gente simples a fé nos inextinguíveis mandamentos... os quais... Minha esposa? Não, ela... o senhor sabe, ela ficou cuidando da casa... É a própria Marta da Bíblia.

Ao sair da igreja, ele ainda sentiu por algum tempo a comoção do contato com o chefe, bem como a fragrância da água-de-colônia floral de seu bigode. Aos poucos, contudo, voltou a si.

— Mas ele não convidou para o desjejum! Deleitaram-se... Estenderam as mãos: beije! Creio que encontrarão quem goste de suas patas estropiadas.

Chegou em casa.

Esposa e filha estavam à mesa. Presunto e *paskha*[1] foram servidos. A esposa tinha uma expressão tal como se alguém estivesse o tempo todo xingando-a, parecia desconcertada e ofendida.

O nariz da filha era meio torto para o lado direito e puxava atrás de si o olho esquerdo, que mirava de soslaio e desconfiado.

Samóssov pensou por um minuto.

---

1 Torta cremosa de queijo e frutas cristalizadas preparada na Páscoa ortodoxa.

— E-he! Estão pensando que eu trouxe presentes para elas!

Aproximou-se da mesa e bateu nela com o punho.

— Que diabos, resolveram começar o desjejum sem mim?

— Ora! – admirou-se a esposa. — Pensamos que você estava com o chefe. Você mesmo disse...

— Nem na minha própria casa eu tenho paz! – Samóssov quase chorou. Estava morrendo de vontade de comer presunto, mas achou que seria inadequado petiscar no meio da briga. — Sirvam-me o chá no meu quarto! – bateu a porta e saiu.

— Outro, voltando da igreja, teria dito: "Deus enviou misericórdia" – disse a filha, com um olho na mãe e outro no prato –, mas nós não somos como os demais!

— De quem você está falando desse jeito? – a mãe perguntou com curiosidade fingida. — De seu pai? Como ousa? O seu pai passa dias inteiros, feito um cavalo, com as costas curvadas, escrevendo, volta para casa para o desjejum, e ela nem se digna dar os cumprimentos pascoais! Só pensa em Andrei Petróvitch? Ele precisa terrivelmente de você! E como foi inventar de seduzi-lo! Desrespeitando seus pais, é isso? Uma moça que se dê ao respeito cuida para melhorar a vida dos pais, aprende a ganhar dinheiro. Iúlia Pastrana, seja lá como ela se chama... há dois anos sustenta os pais e ajuda os parentes.

— Que culpa eu tenho se vocês não me deram uma boa educação? Com boa educação até trabalho de copista é fácil de encontrar, é isso.

A mãe se levantou com dignidade.

— Traga-me o chá no meu quarto! Obrigada! Você estragou o feriado.

Saiu.

Olhando animada ao redor, com o rosto corado de alegria, a cozinheira entrou na sala de jantar com um ovinho vermelho nas mãos.

— Cristo ressuscitou, senhorita! Que Deus lhe dê tudo de melhor, um noivo bonito e jovem, dos bons.

— Vai para o inferno! Sua descarada! Fica se metendo!

— Deus tenha misericórdia! – a cozinheira foi andando para trás. — De onde vem isso?... Não se pode nem dar os cumprimentos pascoais? Estou toda vermelha. Não tenho palavras. Passei o dia inteiro cozinhando e assando, fiquei até corada de tanto cansaço. O dia todo com a barriga no fogão, uma quentura que não dava nem para respirar. Fez calor, desde cedo chovendo. Ano passado estava muito mais ameno! Na hora da missa da manhã até neve caiu.

— Desgrude de mim! – ganiu a senhorita. — Direi à mamãe para dispensá-la.

Deu uma rápida meia-volta e saiu com aquele caminhar das senhorias que acabam de repreender os criados: passos curtos, pisando rápido, mas movendo-se devagar, mexendo os quadris e estufando o peito.

— Estou mor-ren-do de medo! – entoou a cozinheira em seguida. — Oh, como metem medo! Primeiro paguem o ordenado, depois podem ostentar! Acho que desde o Natal eu não sinto o cheiro de uma moeda de 5 copeques. Vou retirar a mesa e desabar na cama, nada de servir chá nenhum. Contratem um condenado das galés. Ele que lhes sirva chá no meio da noite.

Ela retirou o prato sujo da mesa e, seguindo o sistema de todas as mulheres mais velhas que passaram a vida trabalhando como criadas, apoiou a colher sobre ele, sobre a colher outro prato, sobre o prato um copo, sobre o copo a travessa com o presunto, e, quando estava prestes a colocar sobre o presunto uma bandeja com xícaras, tudo desmoronou no chão.

— Está tudo perdido!

Em suas mãos restou apenas o prato de baixo.

A cozinheira pensou-pensou e resolveu atirá-lo em cima da pilha.

Coçou a orelha com o lenço e de repente, como se tivesse se lembrado de algo, foi até a cozinha.

Sentada sobre um banco, estava uma gata magricela bebendo leite com água de um pratinho. Diante da gata, de cócoras, estava uma garotinha, "órfã, para ajudar a lavar a louça", que olhou para ela e disse:

— Beba, beba, mãezinha! Hora de comer, já acabou o jejum! Com comida boa, com certeza vai se sentir melhor!

A cozinheira pegou a menina pela orelha.

— Quem foi que quebrou a louça na sala de jantar? Hein? Para que vamos ficar com você aqui se é para quebrar a louça? Ah, você, sua magrela! Hein? O que estava pensando? Vá já para lá arrumar tudo. Amanhã você vai ver, sua tonta!

A menina começou a choramingar assustada, assoou o nariz no avental; esfregou a orelha, assoou o nariz na barra do vestido, soluçou, assoou o nariz na ponta do lenço da cabeça e de repente correu até a gata, derrubou-a no chão e deu-lhe um chute:

— Suma daqui, parasita de uma figa! Com você,

com essas bestas, não há vida. Só sabe filar o leite! Para não morrer antes de esticar as canelas!

A gata fincou as pernas, pulou na escada, quase sem conseguir trazer o próprio rabo, por pouco ele não foi decepado pela porta.

Enfiou-se atrás da lata de lixo, ficou muito tempo sentada sem se mexer, entendendo que o poderoso inimigo talvez estivesse à espreita.

Em seguida despejou seu desgosto e indignação na lata de lixo. A lata ficou calada, impassível.

— Miau! Miau!

Isso era tudo que a gata sabia.

— Miau!

Dá para entender muita coisa aqui, não é?

Livro de mulherzinha

Para Arkádi Rumánov[1]

O jovem esteta, estilista, modernista e crítico Guérman Enski[2] estava sentado em seu escritório, folheando um livro de mulherzinha e passando raiva. O livro de mulherzinha era um romance um tanto grosso, com amor, sangue, miradas e madrugadas.

---

1 Arkádi Beniamínovitch Rumánov (1878-1960), jurista, mecenas e colecionador russo.

2 O nome do personagem remete ao adjetivo *enski*, usado para se referir a algo indeterminado, genérico.

"— Eu te amo! – sussurrava apaixonado o artista, segurando o talhe flexível de Lídia..."

"Somos impelidos um ao outro por certa força poderosa, contra a qual não podemos lutar!"

"A minha vida toda foi um pressentimento desse encontro..."

"O senhor está rindo de mim?"

"Estou tão tomada pelo senhor que todo o resto perdeu o sentido."

— Oh-oh, que vulgar! – lastimou-se Guérman Enski. — Até parece que um artista fala assim!, "uma força poderosa nos impele", "contra a qual não podemos lutar", e todo tipo de podridão. Até um balconista teria vergonha de falar assim, um balconista de armarinho, com quem essa tonta deve ter tido um caso para ter o que descrever.

"Tenho a impressão de que nunca amei ninguém..."

"Parece um sonho..."

"Loucura!... Quero me aconchegar!..."

— Pfff! Não consigo mais! – ele atirou o livro. — Nós trabalhamos, aperfeiçoamos o estilo, a forma, buscamos um novo sentido e novos estados de espírito, lançamos tudo isso na multidão: veja, um céu inteiro de estrelas no alto, pegue a que quiser! Não! Não veem nada, não querem nada. Mas, ao menos, sem caluniar! Não faça acreditar que o artista expressa os seus pensamentos campestres!

Ele ficou tão perturbado que não conseguiu parar em casa. Vestiu-se e saiu para fazer uma visita.

Ainda no caminho, sentiu uma excitação agradável, um pressentimento inconsciente de algo vivo e arrebatador. Quando entrou na sala de jantar iluminada e passou a vista pelas pessoas reunidas para o chá, compreendeu imediatamente o que queria e o que esperava. Vikúlina estava lá, e sozinha, sem o marido.

Debaixo dos sonoros brados da conversa geral, Enski sussurrou para Vikúlina:

— Sabe, é estranho, mas eu tive um pressentimento de que a encontraria aqui.

— Ah é? E faz tempo?

— Sim. Coisa de uma hora atrás. Ou, talvez, a vida toda.

Isso agradou a Vikúlina. Ela corou e disse languidamente:

— Receio que o senhor seja apenas um dom-juan.

Enski olhou desconcertado para ela, para aquele rosto em expectativa, agitado, e respondeu sincero e reflexivo:

— Sabe, tenho a impressão de que nunca amei ninguém.

Ela semicerrou os olhos, curvou-se um pouco em sua direção e esperou que ele continuasse.

E ele continuou:

— Eu te amo!

Nesse momento, alguém o chamou, engatou-o em alguma frase e o arrastou para a conversa geral. Vikúlina também se virou e conversou, fez perguntas, deu risada. Ambos ficaram como os demais à mesa: alegres, simples, tudo às claras.

Guérman Enski falava de forma inteligente, bela e animada, mas no íntimo estava totalmente calmo e pensava:

"O que foi aquilo? O que é que foi aquilo? Por que é que as estrelas estão cantando em minha alma?"

Voltando-se para Vikúlina, ele viu de repente que ela de novo havia se inclinado e aguardava. Então ele teve vontade de dizer algo expressivo e profundo, tentou apurar o ouvido para a expectativa dela, para sua própria alma, e sussurrou inspirada e apaixonadamente:

— Parece um sonho...

Ela semicerrou os olhos mais uma vez e quase sorriu, toda cálida e feliz, mas de repente ele ficou inquieto. Alguma coisa estranhamente familiar e desagradável, alguma coisa vergonhosa ressoou nas palavras que acabara de dizer.

"O que é isto? Qual o problema?", ele se atormentou. "Vai ver eu já disse essa frase alguma vez, há muito tempo, disse sem amar, sem ser de verdade, e agora estou envergonhado. Não estou entendendo nada."

Ele olhou outra vez para Vikúlina, mas subitamente ela se afastou e sussurrou apressada:

— Cuidado! Estamos chamando atenção...

Ele também se afastou e, tentando aparentar tranquilidade, disse baixinho:

— Desculpe! Estou tão tomado pela senhora que todo o resto perdeu o sentido.

E novamente uma irritação turva se esgueirou em seu estado de espírito, outra vez ele não compreendeu de onde vinha aquilo e por quê.

"Eu amo, eu amo e falo de meu amor com tanta franqueza e simplicidade que é impossível que seja vulgar ou feio. Por que é que me atormento tanto?"

E disse a Vikúlina:

— Não sei, talvez a senhora esteja rindo de mim... Mas eu não quero dizer nada. Não posso. Quero me aconchegar...

Sua garganta foi acometida de um espasmo, e ele se calou.

Ele a acompanhou até a casa dela, e tudo estava resolvido. No dia seguinte, ela iria visitá-lo. Eles teriam uma felicidade bela, inédita e inaudita.

— Parece um sonho...

Ela só tinha um pouco de pena do marido.

Mas Guérman Enski apertou seu corpo contra o dela e a persuadiu.

— O que é que vamos fazer, querida – ele disse –, se somos impelidos um ao outro por certa força poderosa, contra a qual não podemos lutar!

— É loucura! – ela sussurrou.

— É loucura! – ele repetiu.

Ele voltou para casa como que em delírio. Andava pelos cômodos, sorria, e as estrelas cantavam em sua alma.

— Amanhã! – ele sussurrou. — Amanhã! Oh, o que será amanhã?

E como todos os apaixonados são supersticiosos, ele pegou maquinalmente o primeiro livro que lhe caiu à mão, abriu-o, cravou o dedo e leu:

"Ela despertou primeiro e perguntou baixinho:

"— Você não me despreza, Ievguêni?"

"Que estranho!", sorriu Enski. "Uma resposta tão clara, é como se eu tivesse perguntado em voz alta para o destino. Que coisa é essa?"

E a coisa era bem descomplicada. Era pura e simplesmente o último capítulo do livro de mulherzinha.

Ele se apagou de repente, encolheu-se e se afastou da mesa na ponta dos pés.

E as estrelas em sua alma já não cantaram mais nada naquela noite.

Imbecis

À primeira vista parece que todos entendem o que é uma pessoa imbecil e por que, quanto mais imbecil, mais redondamente imbecil é a pessoa.

Contudo, se olhar e ouvir com atenção, você vai entender que com frequência as pessoas se equivocam e tomam por imbecis um tolo qualquer ou um sujeito ignorante.

— Este é um imbecil – dizem as pessoas. — Só tem bobagem na cabeça! – Eles pensam que o imbecil às vezes tem bobagem na cabeça!

A questão é que a pessoa redondamente imbecil é reconhecida, antes de tudo, por sua grandiosa e inabalável seriedade. O sujeito mais inteligente pode ser cabeça de vento e agir sem pensar; já o imbecil está o tempo todo examinando tudo, depois de examinar ele age de acordo, depois de agir ele sabe exatamente por que ele fez isto e não aquilo.

Se você considerar imbecil um sujeito que agiu de modo insensato, estará cometendo um erro que pesará em sua consciência para o resto da vida. O imbecil sempre raciocina.

Uma pessoa simples – inteligente ou tola, tanto faz – diz:

— Hoje o tempo está ruim, mas mesmo assim vou sair para passear.

Já o imbecil pensa:

— O tempo está ruim, mas eu vou sair para passear. Por que vou sair? Porque ficar o dia todo em casa faz mal. Faz mal por quê? Ora, simplesmente porque faz mal.

O imbecil não suporta a aspereza do pensamento, as questões não esclarecidas, os problemas não resolvidos. Há tempos ele já resolveu tudo, compreendeu tudo, sabe tudo. Trata-se de uma pessoa sensata e, em cada questão, ele apara as arestas e arredonda cada pensamento.

Diante de um imbecil de verdade, a pessoa se vê tomada por certo desespero místico. Pois o imbecil é o embrião do fim do mundo.

A humanidade busca, faz perguntas, segue adiante, e isso vale para tudo: seja para a ciência, para a arte ou para a vida, já o imbecil não vê questão nenhuma.

— O que foi? Qual é a questão?

Há tempos ele encontrou todas as respostas e arredondou-se.

Em seus raciocínios e arredondamentos, o imbecil encontra apoio em três axiomas e um postulado.

Os axiomas:

1. A saúde é a coisa mais preciosa.

2. Quando se tem dinheiro!

3. A troco de quê?

O postulado:

É preciso que seja assim.

—

Quando os primeiros não ajudam, sempre se pode recorrer ao último.

Os imbecis costumam se dar bem na vida. De tanto raciocinar, com o passar dos anos o rosto deles assume uma expressão profunda e pensativa. Eles gostam de deixar a barba longa, trabalham com afinco, escrevem com letra bonita.

— Um sujeito considerável. Não é cabeça oca – dizem sobre o imbecil. — Só que há algo nele... É sério demais, não é?

Convencido de que toda sabedoria da Terra lhe é acessível, o imbecil assume um dever complicado e ingrato: ensinar aos outros. Ninguém dá tantos conselhos, e com tanto zelo, quanto o imbecil. E faz isso do fundo do coração, pois, ao travar contato com outras pessoas, ele sempre fica em um estado de profunda perplexidade:

— Por que toda essa confusão, agitação e azáfama, quando tudo é claro e redondo? Parece que não entendem; é preciso explicar para eles.

— O que foi? Por que está agoniado? Sua esposa tentou se matar? Bom, isso é muito tolo da parte dela. Se a bala, Deus me livre, acerta o olho, pode prejudicar a visão. Valha-me Deus! A saúde é a coisa mais preciosa!

— Seu irmão enlouqueceu por causa de um amor infeliz? Isso muito me surpreende. Eu não enlouqueceria por nada. A troco de quê? Quando se tem dinheiro!

Um imbecil conhecido meu, imbecil perfeito, como se tivesse sido traçado por um compasso, redondamente imbecil, especializou-se exclusivamente em questões da vida familiar.

— Todo homem deve se casar. Por quê? Pois é preciso deixar descendentes. E por que descendentes são necessários? Porque são. E todos devem se casar com alemãs.

— Mas por que com alemãs? – perguntaram-lhe.

— Porque é preciso que seja assim.

— Mas pode ser que não haja alemãs suficientes para todos.

Então o imbecil ficou ofendido.

— Claro, tudo pode ser levado na brincadeira.

Esse imbecil vivia sempre em Petersburgo, e sua esposa resolveu enviar as filhas do casal para um dos institutos da cidade.

O imbecil se opôs:

— Muito melhor mandá-las para Moscou. Por quê? Porque vai ser mais fácil para visitá-las. Passamos a noite no vagão, viajamos, chegamos na manhã seguinte e visitamos. Já Petersburgo, quando é que iremos até lá?

Em sociedade os imbecis são uma gente oportuna. Sabem que se devem elogiar as senhoritas, que se deve dizer à anfitriã: "A senhora está tão atribulada", ademais, o imbecil não traz nenhuma surpresa.

— Eu adoro Chaliápin[1] – o imbecil diz em uma conversa despretensiosa. — Por quê? Pois ele canta bem. Por que ele canta bem? Pois ele tem talento. Por que ele tem talento? Simplesmente porque é talentoso.

Tudo redondo, bom e cômodo. Sem saltos nem sobressaltos. Se você cutuca, ele sai rolando.

Os imbecis costumam fazer carreira, e não têm inimigos.

São reconhecidos por todos como pessoas práticas e sérias.

Às vezes o imbecil até se diverte. Mas, é claro, no momento certo e no local adequado. Em alguma festa de dia do santo[2].

Sua diversão consiste em ele contar habilmente alguma anedota e explicar, no ato, por que ela é engraçada.

---

1 Fiódor Ivánovitch Chaliápin (1873-1938), famoso cantor de ópera russo.

2 Na cultura russa, cada pessoa comemora, além do próprio aniversário, o dia do santo referente ao seu nome, chamado santo onomástico.

Só que ele não gosta de se divertir. Isso o rebaixa a seus próprios olhos.

Todo o comportamento do imbecil, bem como sua aparência, é tão grave, sério e imponente que ele é sempre tratado com respeito. É sempre escolhido como presidente de diversas sociedades, como representante de certos interesses. Pois o imbecil é um sujeito decente. É como se toda a alma do imbecil tivesse sido lambida por uma vaca. Redondo, liso. Sem esbarrar em nada.

O imbecil sente profundo desprezo por aquilo que desconhece. Despreza sinceramente.

— De quem são os versos que acabaram de ler?

— Balmont[3].

— Balmont? Não conheço. Nunca ouvi falar. Liérmontov[4] eu li. Já Balmont eu não conheço nenhum.

Parece que Balmont é culpado porque o imbecil não o conhece.

---

3 Konstantin Dmítrievitch Balmont (1867-1942), poeta simbolista russo, importante figura da chamada Era de Prata.

4 Mikhail Iúrievitch Liérmontov (1814-1841), poeta e prosador russo; um dos autores mais importantes da literatura russa na primeira metade do século XIX.

— Nietzsche? Não conheço. Não li Nietzsche!

E novamente com um tom que faz com que sintamos vergonha por Nietzsche.

A maioria dos imbecis lê pouco. Mas há uma variedade especial que passa a vida estudando. São os imbecis atulhados.

Essa designação, aliás, é bastante incorreta, pois, por mais que o imbecil se atulhe, ele conserva pouca coisa. Tudo o que ele absorve pelos olhos vaza pela nuca.

Os imbecis gostam de se considerar muito originais e dizem:

— Eu acho que, às vezes, a música é muito agradável. Sou um grande excêntrico!

Quanto mais cultura tem um país, quanto mais tranquila e próspera é a vida da nação, mais redonda e perfeita será a forma de seus imbecis.

E com frequência esse círculo permanece indestrutível, fechado por um imbecil na filosofia ou na matemática, na política ou na arte. Até que alguém sinta:

— Oh, que horror! Como ficou redonda a vida!

E o círculo se rompe.

A literatura na vida

Chegamos ao fim da coletânea de nossos beletristas, fechamos o livro e ficamos por muito tempo calados e confusos.

Por fim, um de nós, o mais resoluto, quebrou o silêncio.

— Interessante como toda essa literatura se reflete na vida de nossa juventude – ele disse. — Impossível supor que esse monte de livros possa passar totalmente despercebido por ela. Não me refiro aos universitários ou às alunas de cursos superiores. Falo de garotos e garotas de 15, 16 anos, leitores ávidos, em particular daquilo que lhes é recomendado.

Nossa geração foi educada, fundamentalmente, na base de Turguêniev. Os tipos turguenievanos foram absorvidos pelo sangue e por anos inteiros dominaram nossa imaginação.

Lembro-me de uma menina, cerca de 16 anos. Ela se sentia como se fosse várias heroínas de uma vez e, conforme a circunstância, interpretava o papel de uma delas.

Ela mesma reconhecia que, ao passear, era sempre Ássia[1]. Corria, saltava, bancava a ingênua. Quando vinha o aluninho do liceu que era apaixonado por ela, ela fazia a Zinaída, de *Primeiro amor*. Estremecia misteriosamente, bebia água gelada, dava risos nervosos.

O estudante do liceu também era um dos "turguenievistas". E compreendia perfeitamente seu papel. Tudo corria às mil maravilhas.

Então aconteceu um grande escândalo. Estavam passeando juntos, trocavam frases misteriosas; o estudantezinho do liceu revirou em suas mãos uma vergasta, com a qual, como convém ao herói do

---

1 Personagem da novela de mesmo nome, escrita por Ivan Turguêniev em 1857.

romance, "cortava, nervoso, a cabeça das flores". Então, no auge do turguenievismo, ele acertou a própria mão.

Ambos ficaram desconcertados por um instante. De acordo com o romance (naquele momento, a heroína era Zinaída e, de modo geral, ela se portava como em *Primeiro amor*), ele teria acertado a moça, e não a si mesmo. E ela deveria beijar a marca da vergasta em sua mão. "Ergueu a mão lentamente" etc. etc.

Mas e agora?

O estudantezinho do liceu ficou tão atrapalhado que beijou a própria mão!

Só que isso já era caso de usurpação. Ele se enfiou sorrateiramente no papel da outra e teve a cara de pau de interpretá-lo bem na frente da atriz principal.

A atriz ardeu de raiva.

— Parece que o senhor imaginou ser Zinaída de *Primeiro amor*? Ha, ha! Meus parabéns! Muito eficiente!

E saiu correndo, feito Ássia.

Já ele, como o herói de *Ássia*, passou dois dias correndo por campos e montes (o caso aconteceu numa datcha, e não havia ruas) e gritava:

— Eu te amo, Ássia! Eu te amo.

Somente depois de uma semana ele decidiu passar na casa da heroína.

Esperava encontrar a casa com as venezianas hermeticamente fechadas e um criado velho e devoto (talvez uma criada, ou mesmo uma vizinha, grande coisa!) que lhe entregaria um envelope lacrado.

Ele abriria nervosamente o envelope e, com os olhos cheios de lágrimas, leria as seguintes linhas:

"Adeus! Vou partir. Não tente me encontrar. Eu te amo. Está tudo acabado. Eternamente sua!"

Mas ai de mim! A doce esperança de um desespero desesperançado não encontrou razão de ser.

Todos estavam em casa e comiam morango com creme no terraço.

Mas e Zinaída-Ássia, o que foi feito dela?

Era Carmen[2]!

Ao seu lado estava sentado um estudante inescrupuloso, também de *Carmen*. Ora o toureiro, ora Don José, era pau para toda obra.

A traidora se contorcia em volta dele e, por falta de castanholas, estalava a língua e os dedos.

— Tra-lá-lá-lá-lá!

---

2 Personagem do romance de mesmo nome de Prosper Mérimée (1803-1870); publicado em 1845, serviu de base para o libreto da ópera homônima composta por Georges Bizet (1875).

O estudante do liceu foi embora, correu demoradamente por montes e campos e, no final das contas, escreveu:

"Adeus! Vou partir. Não sofra... etc."

Contudo, aqui também o fracasso se abateu sobre ele.

Confiar uma mensagem íntima como aquela a alguém seria perigoso.

No outono, ele ainda teria as provas de recuperação, e seus pais (o pai era um tipo de *A véspera*, a mãe viera direto de *Primeiro amor*, aliás, em parte de *Fumaça*: um pouco do que havia de pior em cada um) acompanhavam de perto para que ele se dedicasse às ciências e não às "palavrices".

Teve de desempenhar ele mesmo o papel do criado fiel (ou da criada, ou da vizinha).

Foi. Fez uma saudação sombria. Entregou a carta. Inclinou-se friamente e fez menção de ir embora. Mas naquele momento, para sua desgraça, a mãe da heroína apareceu (uma senhora vulgar de *Ninho de fidalgos*) e, depois de chamá-lo para a varanda, serviu-lhe chá. O chá foi servido com melão, de modo que... ficaria chato ir embora.

Eis que se ouviram passos.

Ele levantou o olhar confuso e ficou estupefato de entusiasmo.

Era "ela"! Não, Carmen, não!

Com isso, o caso parecia ter terminado.

Com uma mão ela segurava firme a carta, com a outra agarrava convulsivamente as cadeiras, como se temesse "despencar de sua altura sobre o tapete".

Aquela era a heroína em sofrimento de todos os romances: Ássia, Irina, Elena, Zinaída e Liza.[3]

— O que há com você? – perguntou a mãe. — Contenha-se.

Ela deu um sorriso amargo.

— Diga! Há algum convento por aqui?

O coração do estudantezinho do liceu afundou docemente.

— Convento? – ele pensou confuso. — Como assim? Por quê? Será que é Vera, de *O precipício*[4]? Mas parece que ela não foi...

— Irei para o claustro – disse a heroína.

— Liza! – ele quase soltou um grito.

---

3 Personagens de *Ássia*, *Fumaça*, *A véspera*, *Primeiro amor* e *Ninho de fidalgos*, respectivamente.

4 Romance de Ivan Aleksándrovitch Gontcharóv (1812-1891).

— Chega de se fazer de tola – disse a senhora de *Ninho de fidalgos*. — Melhor você comer melão. Agora é época de melão ananás.

A heroína ficou pensativa.

Liza não iria embora, e não é todo dia que se tem melão...

Deu um sorriso tristonho, sentou-se e começou a comer.

Ele a perdoou por isso. O Beija-flor também comia algo e nem por isso era vulgar.

— O que foi, o senhor não vai comer? – disse a heroína ao estudante que estava se empanturrando. — A meu ver, é melhor comer melão do que mentir sobre o amor em cartas.

Em seguida ela acrescentou uma explicação:

— Eu tenho a "mente exasperada" de *Fumaça*.

O estudante murchou as bochechas, como se tivesse emagrecido terrivelmente e derretesse a olhos vistos.

E ambos foram felizes.

O dever e a honra

Mária Pávlovna era uma mulher enérgica, usava gravatas verdes e falava na cara a verdade nua e crua.

Ela chegou à casa de Medina às onze da manhã, antes que esta pudesse se pentear e se pintar, de modo que devia estar se sentindo fraca e indefesa.

— Pois bem! – disse Mária Pávlovna, olhando diretamente para o papelote no meio da cabeça da amiga. — Tudo isso é muito gentil. Mas será que você se importaria de me explicar quem era aquele com quem atravessou a rua de braços dados? Hein?

Medina ergueu alto as sobrancelhas não pintadas, abriu os braços, olhou ao redor, em suma, fez tudo que estava ao alcance de seus parcos recursos para expressar surpresa.

— Eu? Ontem? De braços dados? Não estou entendendo nada!

— Não está entendendo? Ah, ela não está entendendo! Assim que Ivan Serguéievitch voltar de viagem ele vai te explicar!

Medina estava prestes a abrir os braços e olhar ao redor, mas parece que não conseguiu. Por isso, ela resolveu ficar ofendida.

— Não, eu realmente não sei do que você está falando, Marie!

— Estou falando que você se aproveitou da ausência de seu marido para sair correndo pela rua com o idiota do Fassólnikov. Isso mesmo! Além do mais, ficou uma hora e meia de conversa com ele na porta da frente. Muito inteligente!

— Eu garanto – balbuciou Medina –, garanto que eu nem notei a presença dele.

— Não notou que ele a estava segurando pelo braço? Ah, minha filha, vai mentir para outra!

— Dou minha palavra de honra! Sou tão distraída!

— Na próxima vez, olhe o que está acontecendo debaixo do seu cotovelo. Duas horas conversando na porta da frente. O porteiro dando risadinhas, o cocheiro dando risadinhas, Anna Nikoláievna passou e viu tudo. Disse que desde a travessa notou que Medina estava apaixonada. Agora saiu espalhando pela cidade toda.

Medina ergueu os braços:

— Eu? Apaixonada? Que absurdo é esse?

— Vá mentir para outra – observou diligentemente Mária Pávlovna e acendeu um cigarro. — Amanhã ele estará no seu jantar?

— Claro que não. Aliás, eu o convidei, seria impossível não convidar. De modo que pode até ser que ele venha. De fato, ele veio à festa do dia do santo, então por que é que de repente agora... É claro que virá.

— Meus parabéns! Isso é para que todos os convidados fiquem às piscadelas pelas suas costas? Extremamente inteligente! Espere que ainda pode ter mais! Ivan Serguéievitch volta e começa a receber cartas anônimas.

Medina calou-se.

— Como assim?

— Muito simples. Anna Nikoláievna será a primeira a escrever. "Abra os olhos."

— O que será de mim?

— Isso já é problema seu. Você deveria agir como ditam o dever e a honra.

— E como é que ditam o dever e a honra?

— Você deve escrever ao seu Fassólnikov, em primeiro lugar, que você é uma mulher honesta, em segundo lugar que ele não deve mais fazer-lhe visitas.

— Isso é um pouco desagradável. Eu sou uma mulher honesta, então, por favor, não me visite. É como se ele tivesse que visitar apenas as desonestas!

— Enrole, enrole! Senão, depois vai ser tarde demais. Se bem que, para mim, tanto faz.

Mária Pávlovna se levantou, sacudiu ostensivamente o vestido e ajeitou a gravata verde. Medina ficou agitada:

— Espere, Marie, pelo amor de Deus! Diga o que eu devo escrever!

Medina se sentou e outra vez acendeu um cigarro.

— Escreva: Prezado senhor!

— Como quiser, mas eu não posso escrever "prezado senhor" para um sujeito que esteve em minha casa sem grandes cerimônias.

— Então escreva: "Respeitável sr. Nikolai Andreitch".

— Escrever "respeitável senhor" a um mero rapazote? Sabe-se lá o que se passa na cabeça dele. Acho que é preciso escrever apenas "caro".

— Você acha? Bom, está bem; talvez possa ser assim.

Então: "Caro Nikolai Andreitch! Tenho a honra de informar-lhe que eu sou uma mulher honesta...".

— Como quiser, mas eu não posso escrever assim. Parece um documento oficial!

— Bem, então escreva apenas: "Eu sou uma mulher honesta, peço ao senhor...".

— Como quiser, mas não vai ficar bom.

— Então, escreva: "Apresso-me em informar ao senhor que eu sou uma mulher honesta".

— Ele vai dizer: como é que ela esperou quatro meses e agora, de repente, se apressa... Marie, minha querida, não fique brava comigo! Talvez possamos deixar isso para o final? Sabe, assim será até mais efetivo. Eu garanto!

— Ora, está bem. Então escreva assim: "Não leve a mal o meu pedido, mas eu lhe suplico que não venha me visitar amanhã".

— Como quiser, mas vai soar extremamente grosseiro. Não seria melhor cancelar o jantar de amanhã?

— Faça conforme lhe ditarem o dever e a honra.

— E como eles ditam? Será necessário cancelar o jantar?

— Claro, vamos cancelar. Então, escreva o seguinte: "Não venha amanhã, pois o jantar foi cancelado e ninguém virá. Não me peça explicações, sua sensibilidade o ajudará a intuir os motivos". Pronto. Assine: "A seu dispor etc." e envie.

— Como quiser, mas está meio grosseiro! Talvez um pouquinho mais ameno?

— Amenize, amenize! Quando Ivan Serguéievitch chegar, ele vai amenizá-lo!

— Ah, como você é! Sempre sabe deixar tudo desagradável. A carta está ótima, é claro, só que – não fique chateada – você não tem estilo nenhum. Às vezes é só uma questão de retirar ou trocar uma palavra de lugar e a carta toda adquire um novo colorido. O seu jeito é meio destrambelhado, não fique chateada!

— Idiota, você é uma idiota! Não consegue juntar duas palavras e agora me vem com essa de es-ti-lo!

— Posso ser idiota, pode ser que não saiba. Já você é muito inteligente. Veja por si mesma: em quatro linhas repetiu a palavra "não" quatro vezes. Você acha que isso é bom estilo?

— Quatro vezes?

— Quatro.

— Bem, então corte um "não", e caso encerrado. Já está na minha hora. Espero que você aja conforme ditam o dever e a honra. Envie a carta agora mesmo.

Mária Pávlovna deu palmadinhas condescendentes nas bochechas da amiga e saiu. Medina respirava com dificuldade e se sentou para passar a carta a limpo.

— Vou cortar um "não" e pronto.

Cortou, passou a limpo e leu:

— "Caro Nikolai Andreitch! Não leve a mal o meu pedido, mas eu lhe suplico que venha me visitar amanhã, pois o jantar foi cancelado e não virá ninguém. Não me peça explicações, sua sensibilidade o ajudará a intuir os motivos. A seu dispor, V. Medina."

Releu mais uma vez e ficou um pouco surpresa.

— Estranho! Parece que não ficou exatamente... foi Marie mesmo que disse que, dos quatro "nãos", era possível cortar um. Seja como for, isso foi um ganho em termos de estilo.

Perfumou a carta com Astris[1] e enviou; aproximou-se do espelho e esboçou um sorriso resplandecente.

— Como, na verdade, é fácil obedecer à voz do dever e da honra!

---

1 Perfume criado pela marca francesa L. T. Piver e muito popular no início do século XX.

Animal sem vida

A festa de Natal estava alegre. Muitas visitas vieram, crescidas e pequenas. Havia até um garoto, sobre quem a babá cochichara a Kátia que havia sido açoitado. Isso foi tão interessante que Kátia passou a noite toda sem se afastar dele; ficou o tempo todo esperando que ele dissesse algo especial, olhava para ele com respeito e horror. Mas o garoto açoitado se comportou do modo mais corriqueiro possível, pedia biscoito de gengibre, tocou clarim e estourou festins, de modo que Kátia, um tanto amarga, ficou desapontada e se afastou dele.

A festa já estava chegando ao fim e as crianças menores, que gritavam mais alto, começavam a ser arrumadas para a partida, quando Kátia recebeu seu presente principal, um grande carneiro de lã. Ele era todo fofo, com um dócil focinho comprido e olhos humanos, cheirava a pelo azedo, e quando empurravam sua cabeça para baixo ele soltava um balido afável e insistente: mé-é!

Kátia ficou impressionada com o aspecto, o cheiro e a voz do carneiro, de modo que, por desencargo de consciência, ela perguntou à mãe:

— Tem certeza que ele não tem vida?

A mãe virou seu rosto de passarinho e não respondeu; já fazia tempo que ela não respondia nada a Kátia, nunca tinha tempo. Kátia deu um suspiro e foi para a sala de jantar dar leite para o carneiro. Enfiou-lhe o focinho inteiro na leiteira, de modo que molhou até os olhos. Uma senhora estranha se aproximou, balançou a cabeça:

— Ai, ai, o que você está fazendo? Por acaso se pode dar leite de verdade para um animal sem vida? Vai estragar. Tem que dar leite de mentira. Assim.

Ela encheu uma xícara de ar, levou-a ao carneiro e estalou os lábios.

— Entendeu?

— Entendi. Mas por que com o gato é de verdade?

— Porque tem que ser assim. Cada bicho com o seu costume. Para os vivos, tem que ser vivo. Para os sem vida, tem que ser de mentira.

O carneiro de lã vivia no quarto de brinquedos, num canto, atrás do baú da babá. Kátia o amava, amava tanto que a cada dia ele ficava mais sujo e desgrenhado, sempre dizendo baixinho o seu afável mé-é. Ele estava tão sujo que a mãe não deixava que se sentasse à mesa na hora do almoço.

Assim, os almoços se tornaram tristes. O pai ficava em silêncio, a mãe ficava em silêncio. Ninguém nem olhava quando, depois de comer sua torta, Kátia fazia uma reverência e dizia com sua vozinha fina de menina esperta:

— *Merci*, papai! *Merci*, mamãe!

Certa vez eles se sentaram para almoçar sem a mãe. Esta voltou para casa já depois da sopa, gritando alto da antessala que a pista de patinação estava muito cheia. Quando se aproximou da mesa, o pai olhou para ela e de repente jogou uma jarra no chão.

— O que deu em você? – gritou a mãe.

— E essa sua blusa toda desabotoada nas costas?

Ele ainda continuou gritando, mas a babá pegou Kátia e a arrastou até o quarto.

Depois disso, Kátia passou muitos dias sem ver nem o pai nem a mãe, e a vida toda transcorreu como que de modo falso. Traziam o almoço da cozinha das criadas, vinha a cozinheira, cochichava com a babá:

— Ele disse para ela... e ela para ele... Então, diz que... Fora! E ela disse para ele... e ele para ela...

Cochichavam, murmuravam.

Começaram a vir umas mulheres da cozinha com focinho de raposa, piscavam para Kátia, faziam perguntas à babá, cochichavam, murmuravam:

— Ele para ela... Fora! Ela para ele...

A babá saía com frequência para o pátio. Então, as mulheres raposas se enfiavam no quarto da menina, vasculhavam tudo e ameaçavam Kátia com seus dedos tortos.

Mas sem essas mulheres seria ainda pior. Terrível.

Não era permitido andar pelos quartos grandes: eram vazios, faziam eco. As cortinas das portas voavam, o relógio na lareira batia forte. E em toda parte havia "isto":

— E ele para ela... e ela para ele...

No quarto de Kátia, os cantos ficavam escuros antes do almoço, como se se movessem. No canto estrepitava um foguinho, a filhinha do fogão, estalava na tampa, arreganhava os dentes vermelhos e devorava a lenha. Não se podia chegar perto: ele era mau, uma vez mordeu o dedo de Kátia. Não iria mais atraí-la.

Tudo estava conturbado, não era como antes.

Calmaria só atrás do baú, onde se instalara o carneiro de lã, o animal sem vida. Alimentava-se de lápis, de fitas velhas, dos óculos da babá – o que Deus enviasse; olhava para Kátia de um jeito doce e afável, nunca a contrariava e compreendia tudo.

Certa vez ela começou com traquinagem, e ele foi atrás; mesmo desviando o focinho, dava para ver que ria. E quando Kátia amarrou um trapo em volta de seu pescoço, ele ficou tão lastimosamente abatido que ela até chorou baixinho.

À noite era muito ruim. A casa toda virava uma algazarra, uma balbúrdia. Kátia despertava, chamava a babá.

— Psiu! Durma! As ratazanas estão correndo por aí, vão arrancar sua orelha!

Kátia puxava o cobertor até a cabeça, pensava no carneiro de lã e, quando sentia seu animal querido, sem vida, perto de si, adormecia tranquila.

Certa vez, pela manhã, o carneiro e ela olharam pela janelinha. De repente, viram: pelo pátio corria em passos curtos um bicho pardo, de pelo ralo, uma espécie de gato, só que de rabo longo.

— Babá, babá! Veja só esse gato asqueroso!

A babá se aproximou, esticou o pescoço.

— É uma ratazana, não um gato! Uma ratazana. Está vendo como é enorme? Uma dessas faz picadinho de qualquer gato! Uma ratazana!

Ela pronunciava essa palavra com tamanha repulsa, estirando a boca e arreganhando os dentes como um gato velho, que fez com que Kátia ficasse morrendo de nojo e medo.

E a ratazana, balançando a pança, acorreu com parcimônia e diligência até o celeiro vizinho e, agachada, enfiou-se debaixo da veneziana do porão.

Veio a cozinheira e contou que as ratazanas haviam se proliferado tanto que logo iriam comer sua cabeça.

— Na despensa do senhor todas as malas estão roídas. Essas descaradas! Quando eu entro, ela fica sentada e nem se mexe!

À noite vieram as mulheres raposas, trouxeram uma garrafa e peixe fedido. Petiscaram, deram de beber à babá e depois ficaram rindo de alguma coisa.

— Você continua com o carneiro? – a mulher mais gorda perguntou a Kátia. — Já está na hora de mandar para o abate. As pernas estão fraquejando, o pelo está caindo. Esse seu carneiro está nas últimas.

— Ah, pare de provocar – interrompeu a babá. — Por que é que está se metendo com a órfã?

— Não estou provocando, falo sério. A pelagem vai cair, e adeus. O corpo vivo come e bebe, é por isso que vive, já os farrapos, por mais que se lamba, acabam se desfazendo. Além do mais, ela não é órfã, a mãezinha dela deve estar passando pela casa de punho cerrado e dando risada. Ho-ho-ho!

A mulher ficou toda empapada de suor de tanto rir, já a babá, molhando um torrãozinho de açúcar em seu cálice, deu para Kátia chupar. Kátia começou a sentir a garganta arranhar com o açúcar da babá, o ouvido começou a tilintar e ela puxou o carneiro pela cabeça.

— Ele não é um carneiro qualquer: ele ouve e bale!

— Ho-ho! Mas como é tonta! – grunhiu de novo a mulher gorda. — Se puxar a porta, ela range. Se ele fosse de verdade, chiaria por conta própria.

As mulheres beberam um pouco mais e começaram a cochichar as palavras de sempre:

— Ele para ela... Fora... Ela para ele...

Kátia se escondeu com o carneiro atrás do baú e sentiu-se atormentada.

O carneiro sem vida. Vai morrer. A pelagem vai cair, e adeus. Se ao menos ele pudesse comer mais um pouquinho!

Kátia pegou a torrada do peitoril, enfiou debaixo do focinho, e ela mesma desviou o olhar para não o constranger. Pode ser que ele dê uma mordidinha... Esperou, virou-se: nada, a torrada estava intocada.

— Então vou comer eu mesma, quem sabe ele não fica com a consciência pesada.

Mordeu um pedacinho, depois ofereceu outra vez para o carneiro, virou-se e esperou. Mais uma vez o carneiro não tocou na torrada.

— O que é? Não pode? Não é vivo, não pode!

E o carneiro de lã, um animal sem vida, respondeu com todo o seu focinho dócil e triste:

— Não posso! Sou um animal sem vida, não posso!

— Então me chame! Diga: mé-é! Vamos, mé-é! Não consegue? Não consegue!

Assim, com doçura, sua alma se atormentava e suspirava de pena e amor pelo pobre animal sem vida. Kátia caiu no sono em seu travesseiro molhado de lágrimas e logo foi passear por um caminho verde; o carneiro corria ao lado, comia a grama, gritava, gritava mé-é e ria. Quanta saúde, vai viver mais do que todos!

A manhã foi tediosa, escura e intranquila; o pai apareceu de surpresa. Chegou todo carrancudo, bravo, barba cheia, olhou de soslaio, feito um bode. Esticou a mão para que Kátia beijasse e ordenou que a babá arrumasse tudo, pois a professora viria. Saiu.

No dia seguinte, soou o sino da porta principal.

A babá saiu correndo, voltou, ficou toda atarantada.

— Sua professora chegou, tem uma cara de cachorro, agora você vai ver!

A professora bateu os calcanhares, estendeu a mão para Kátia. Ela realmente parecia um cão de guarda velho e inteligente, ao redor de seus olhos havia até umas manchas amarelas, e ela movia a cabeça com rapidez e estalava os dentes, como se estivesse caçando moscas.

Examinou o quarto e disse à babá:

— A senhora é a babá? Então, por favor, tire todos esses brinquedos daqui, leve para longe, longe do alcance da criança. Todos esses burros, carneiros... para fora! Os brinquedos devem ser tratados de forma consequente e racional, do contrário temos a doença da fantasia e os danos que dela decorrem. Kátia, venha até aqui!

Ela tirou uma bola de borracha do bolso e, estalando os dentes, começou a girar a bola e entoar: "Pula, salta, pra lá, pra cá, pra cima, pra baixo, de lado, em frente. Repita comigo: pula, salta... Ah, que criança atrasada!".

Kátia se calou e deu um sorriso lastimoso, para evitar o choro. A babá levou os brinquedos, e o carneiro soltou um "mé" na porta.

— Preste atenção na superfície dessa bola. O que está vendo? Está vendo que ela tem duas cores. Um lado é azul-claro, o outro é branco. Mostre para mim o lado azul. Tente se concentrar.

Ela foi embora, estendendo novamente a mão para Kátia.

— Amanhã vamos tramar cestinhos!

Kátia tremeu a noite toda e não conseguiu comer nada. Ficava pensando no carneiro, mas tinha medo de perguntar dele.

"Coitado do animal sem vida! Não sabe nada. Não sabe falar, não sabe chamar. E ela disse: fora!"

Essas palavras terríveis fizeram sua alma doer e gelar.

À noite, vieram as mulheres, serviram-se e cochicharam:

— Ele para ela, ela para ele...

E outra vez:

— Fora! Fora!

Ao amanhecer, Kátia despertou com um medo e uma melancolia terríveis, inauditos. Como se alguém a tivesse chamado. Sentou-se, apurou os ouvidos.

— Mé-é! Mé-é!

Como era triste e insistente o chamado do carneiro! O animal sem vida gritava.

Ela pulou da cama toda gelada, apertou forte o punho contra o peito, pôs-se a escutar. Outra vez:

— Mé-é! Mé-é!

O som vinha de algum lugar do corredor. Quer dizer que ele está lá...

Abriu a porta.

— Mé-é! Mé-é!

Da despensa.

Seguiu para lá. Não estava trancada. Um amanhecer opaco, pálido, mas já era possível ver tudo. Umas caixinhas, umas trouxas.

— Mé-é! Mé-é!

Perto da janela manchas escuras se moviam, e o carneiro estava ali. Algo escuro saltou, pegou-o pela cabeça, puxou.

— Mé-é! Mé-é!

Depois mais dois, rasgando as laterais, a pele estrepitando.

— Ratazanas! Ratazanas! – Kátia se lembrou dos dentes arreganhados da babá. Tremeu inteira, apertou ainda mais o punho. Mas ele já não gritava. Não existia mais. Sem fazer barulho a ratazana gorda arrastou nesgas cinza, pedaços macios, sacodiu o esfregão.

Kátia desabou na cama, cobriu a cabeça e ficou em silêncio, sem chorar. Tinha medo de que a babá acordasse, se arreganhasse feito um felino e risse com as mulheres raposas pela morte de lã do animal sem vida.

Acalmou-se totalmente, enrolou-se feito uma rosca. Levaria uma vida calada, calada para que ninguém soubesse.

Remanso

Todo mar, todo grande rio e todo lago tempestuoso têm seu próprio remanso.

A água da enseada é diáfana, calma. Não farfalham os juncos, não se encrespa a superfície. Se algo a tocar, uma asinha de libélula ou um mosquito noturno, bailarino de longas pernas – já é um acontecimento.

Se subir pela íngreme encosta e lançar o olhar para baixo – logo verá onde começa o remanso. Como se fosse cortado por uma linha.

Lá, na vasta imensidão, as ondas suspiram e se agitam. Oscilam de um lado para outro, como de loucura e de dor, e de repente, em um último esforço desesperado, saltam, jorram em direção aos céus e de novo desabam na água escura, e o vento dilacera a espuma impotente e furiosa.

Além da linha sagrada, o remanso está tranquilo. Suas ondas não se rebelam, não estouram rumo ao céu, mas o próprio céu vai até ele, de dia com nuvens azuis esfumaçadas, à noite com todo o mistério das estrelas.

A propriedade chama-se Kamichovka.

Aparentemente, em outros tempos ela ficava bem na margem do rio. Mas o rio recuou, deixando como lembrança um pequeno lago de olhos azuis – para a alegria dos patos – e um monte de juncos encarniçados a crescer no jardinzinho da frente.

A propriedade está abandonada, descuidada, fechada com tábuas.

A vida cintila apenas na edícula – na casinha vesga e torta.

Nela moram uma lavadeira aposentada e um cocheiro aposentado. Não apenas moram, mas resguardam o bem senhorial.

Com a velhice, começou a crescer barba na lavadeira, e o cocheiro, obedecendo à personalidade mais forte da lavadeira, efeminou-se tanto que se autodenomina Fiódoruchka.

Vivem com austeridade. Conversam pouco, e, como ambos ouvem mal, cada um fala por si. Se um deles consegue distinguir algo, entende apenas por alto, então, é claro, é mais interessante simplesmente falar de si e do que é próximo, do já muito vivido, bem compreendido e tantas vezes lembrado.

Além do cocheiro e da lavadeira, também moram na propriedade outras almas vivas: um cavalo astuto, que só pensa em aveia e em como trabalhar um pouco menos, e uma vaca glutona. Há também, é claro, galinhas, só que é difícil se lembrar delas: ou são quatro ou são cinco. Se você lhes jogar grãos, não se esquece de dizer:

— Vamos lá, que Deus abençoe, venham ciscar! – quatro vêm correndo. Mas, se se esquecer de dizer, logo aparece uma quinta. E de onde ela vem, não se sabe, e devora a maior parte dos grãos e ainda arruma briga com as outras. É grande, cinza, e pelo visto bica sem se benzer.

Afazeres aos montes. Bem senhorial. Chegará a senhora e perguntará:

— Quem comeu meu grão? Quatro ou cinco bicos?

O que dizer nessa hora?

Ambos temem o relatório: o cocheiro e a cozinheira. O inverno foi frio, queimaram muita lenha. Assustaram-se e pensaram bem: do outro lado do rio empilhavam lenha do Estado para ser transportada pela água na primavera. Carregaram o cavalo, atravessaram o rio. Trouxeram a lenha. Atravessaram de novo. E é tudo tão agradável, a lenha é boa e está ali por perto. O cavalo, que é astuto, não fingiu estar cansado. Carregava com prazer.

E, de repente, inacreditável: uma convocação do magistrado.

O magistrado pergunta: para que pegaram a lenha?

Como assim para quê? Para aquecer o fogão. Afinal, queimaram as deles todas. A senhora vai chegar e vai dar uma bronca.

E o magistrado nada: não brigou, apenas ordenou que devolvessem tudo. Por que foram tão gananciosos? Isso só lhes trouxe problemas.

E como ele ficou sabendo de tudo aquilo, o magistrado? Não encontraram ninguém quando foram buscar lenha. Parece que foram as marcas retinhas de trenó, dizem, através do riacho até a lenha e de volta até o quintal.

Marcas? O povo anda astuto hoje em dia. Pensam em tudo.

O dia está quente. Quatro galinhas vermelhas ciscam uma crosta esmigalhada devidamente abençoada.

Arrastaram uma mesa até o alpendre. Vai ter festa do chá. Haverá convidados hoje. Chegaram da aldeia uns parentes do cocheiro – a sobrinha-neta, a menina Marfa. Era o onomástico de Marfa, que veio receber os parabéns.

A moça é grande, branca, ossuda, cabeça de vento. Seu vestido de onomástico era de um rosa-choque tão insuportável que puxava até para o azul. O dia avançou luminoso, lindo; a relva tenra, de um verde venenoso, o céu azulzinho, as flores na relva, amarelas como o sol – tudo, embora brilhante, diante do vestido da moça esmaecia e desbotava.

A velha lavadeira olha o vestido, aperta e semicerra os olhos, e lhe parece que a moça não se comporta com a decência apropriada.

— Por que fica se remexendo toda? – resmunga a velha. — Não é pra ficar se mexendo. Hoje é o seu onomástico, seu anjo a consola do céu, e você, feito uma bezerra, com o rabo prum lado e pro outro.

— Que isso, vó Pielagueia? – espanta-se a moça. — Quando sentei, não sacolejei.

A velha aperta, semicerra os olhos em direção ao

vestido chocante e não consegue entender o que se passa, por que seus olhos estão tão turvos.

— Vai buscar o samovar.

Chegou o cocheiro. O rosto preocupado, as sobrancelhas franzidas – marca da interação com o cavalo astuto.

— Comeu de novo toda a aveia. Não importa o quanto você lhe dá, limpa tudo. Como é esperto! Nem todo mundo consegue fazer isso. Ele enrola qualquer um. A senhora vai chegar e vai dar bronca.

— Bronca, bronca! – provocou a lavadeira. — Quanto desperdício! Ela mesma é culpada. O inverno inteirinho alimentando um mujique. E por acaso é barato dar de comer a um mujique? Dê batata ao mujique, mas com manteiga, e mingau, e pão. Será que o mujique consegue descobrir como comer menos? Ele só quer é encher o bucho.

O cocheiro balança a cabeça com simpatia e até suspira. Ainda que vagamente, ele percebe que o "mujique" é ele. Mas o que se há de fazer? No fundo da alma sente até alguma reverência por essa sua natureza.

— Mujiques são todos iguais. Será que vai tomar jeito?

A cabeça de vento trouxe o samovar com pires verdes manchados.

— Sentem para tomar chá!

A velha começou a piscar, a apertar os olhos.

— Com quem está falando? Quem está convidando para a mesa?

A moça foi pega de surpresa.

— Com a senhora, vó, com o senhor, vô.

— É assim que se fala. E era assim também que uma mulher chamava todos para jantar: "Venham e sentem-se à mesa". Mas ela não disse: "Cristãos, sentem-se". Então, todos começaram a vir: do fogão, e do forno, e dos *polátis*[1], e dos bancos, e de sob os bancos, inéditos-inauditos, não-inventados-desconhecidos. Com os olhões cintilando, dentões estalando. A senhora chamou, disseram, agora nos dê de comer. E o que ela ia fazer? Não podia alimentar todos.

— E o que aconteceu? – a moça arregalou os olhos.

— Bem, isso.

— O quê?

— Ué, fizeram.

---

1 Cama suspensa de tábuas, instalada entre o fogão e a parede, próxima ao teto.

— O que é que fizeram?

— O que precisava, eles fizeram.

— Mas o quê, vó, precisava o quê?

— Pergunta, e pergunta. Vai perguntar até de noite.

A moça encolheu-se assustada e desviou os olhos.

— E por que se remexe toda? – a velha aperta os olhos em direção à saia rosa-choque da menina. — E ainda por cima é o teu onomástico. O dia do onomástico é santo. No dia de Zóssima e Savváti[2] é o onomástico da abelha. A abelha é uma criatura simples, e mesmo assim no seu dia não zumbe, não pica: senta-se numa flor, pensa no seu próprio anjo.

— O cavalo saúda em nome de Frolus e Laurus[3] – acrescentou o cocheiro, soprando um pires lascado.

— Na Anunciação é o onomástico do pássaro: ele não faz ninho, não bica, canta, mas baixinho, com respeito.

---

2 Zóssima e Savváti de Soloviétski, santos da Igreja Ortodoxa Russa, celebrados respectivamente em 30 abril e 28 de agosto.

3 Santos mártires do século II, celebrados pela Igreja Ortodoxa no dia 31 de agosto.

— No dia de Veles[4] damos os parabéns a todo o rebanho – repetiu o cocheiro.

— E no dia de Pentecostes é o onomástico da terra. No dia de Pentecostes ninguém se atreve a perturbar a terra. Nem cavar, nem revolver, nem arrancar flores – nada disso é permitido. Não se pode enterrar os defuntos. É um grande pecado ofender a terra no dia do nome dela. Os animais entendem o dia de Pentecostes e também não raspam a terra com a garra, não batem o casco, não dão patada. Isso é um grande pecado. Toda criatura compreende o dia do onomástico. Um verme, na noite de Ivan Kupala[5], também comemora. Sua luzinha cintila e ele reza para o seu anjo. E aí vem o dia de Santa Aquilina – dia das Bagas Vermelhas –, é quando o morango e a framboesa e o morango silvestre, e o oxicoco, e as framboesas árticas, e os mirtilos, e a groselha, e todas as pequenas coisas da floresta celebram seu onomástico. No dia de Santa Aquilina – dia das Bagas Vermelhas – nem o lobo, nem a raposa, nem a lebre avançam sobre as bagas. Até o urso teme. Revolve a

---

4 Festa em homenagem ao deus eslavo Veles, em 24 de fevereiro.

5 Antiga celebração eslava do solstício de verão.

relva com o nariz – vai saber se se meterá em apuros – e só depois dá um passo.

A menina semicerra os olhos assustada, encolhe os pés chatos sob a saia rosa. Funga, suspira.

O cocheiro também queria conversar.

Ele sabe pouco. Esteve entre os soldados. Há muito tempo. Correram atrás do inimigo. E depois correram ainda para outro lugar. Mas para onde, já não lembra. Não dá para lembrar de tudo.

— Fiquei três anos fora de casa. Cheguei em casa, e a mulher disse: "Olá, Fiódoruchka". As crianças também. E no canto vejo um berço. E no berço um bebê todo enfaixadinho. Se é um bebê, é um bebê. No dia seguinte pergunto à minha mais velha: "Quem é esse no berço?", "Esse é o pequeno", diz. Bem, se é o pequeno, é o pequeno. E no terceiro dia pergunto à mais velha: "E de onde veio o pequeno?", "Foi a vovó que trouxe", disse. Bem, se foi a vovó, foi a vovó. Começou a crescer. Ouço: chama-se Piétka. Tudo bem, alimentei. No ano passado casou o filho, o tal Piétka. E eu nunca descobri de onde veio. Agora, vai ver, eles mesmos esqueceram...

— Aí está, não lembro – sussurrou a velha. — Não lembro quando é o onomástico da vaca... É desagradável não saber. Fiquei velha, esquecida. E é pecado esquecer...

Fecharam o portão detrás da moça cor-de-rosa. O dia acabou, é hora de dormir.

O dia foi duro. Não se consegue adormecer logo depois de um dia desses. Depois das visitas sempre se dorme mal. Chá e conversas, e roupas, e todo tipo de agitação.

— E quando é o onomástico dessa vaca? Você não lembra e, não lembrando, ofende, joga na cara, e é pecado. Ela não pode dizer nada, vai se calar. E lá em cima um anjo vai chorar...

É difícil ser velho! Difícil!

A noite além da janelinha é azul. Lembra algo, mas o quê... não consigo lembrar.

Sussurram baixinho os juncos esquecidos pelo rio.

O rio se foi. Esqueceu os juncos.

Monólogo de Petrogrado

— Não, acabou! Jurei para mim mesma que não vou dizer nenhuma palavra mais sobre a questão dos produtos alimentícios. Chega! De fato, a coisa ficou insuportável! Não importa sobre o que se fale, necessariamente devoramos gêneros alimentícios. É como se não houvesse outros interesses.

Onde está a beleza? Onde está a arte? Onde está, enfim, o amor?

Recentemente encontrei Michel. Sempre se alardeou que ele é um esteta, que a alma dele é uma violeta açucarada. Que bela violeta! Eu falando de *Parsifal*[1],

---

1 *Parsifal* (1882), ópera em três atos e última obra de Richard Wagner (1813-1883).

ele, de carne de cavalo! Não chegamos a acordo nenhum. Um horror! Eu adoro *Parsifal*! Vocês assistiram no Teatro de Drama Musical? Maravilhoso! Agora esqueci o sobrenome do comilão que cantou o papel de Parsifal. Mas cantou maravilhosamente. Ah, como eu amo arte. Faz pouco estive na exposição do Mundo da Arte[2]. Os senhores viram Borís Grigóriev[3]? Ah, isso é que é artista! Delicado, ácido, picante. Um erotismo estético e uma estética erótica! Sabe, quando eu vejo seus quadros, sempre tenho a impressão de que ele está guiando o pincel não na tela, mas diretamente em mim. Por Deus! Lá estava eu na exposição diante de um quadro seu, fechei os olhos e me deleitei. De repente, alguém me segura pelo braço. Madame Búlkina. Vamos, ela diz, rápido, para a outra sala, um artista pintou lá umas macieiras e tanto. Precisamos saber o endereço dele e anotar em qual cooperativa ele está. Não pode ser que tenha tirado aquela belezura da cabeça.

---

2 Círculo artístico criado em São Petersburgo no final dos anos 1890 para organização de palestras, exposições, bem como a publicação de revista homônima.

3 Borís Dmítrievitch Grigóriev (1886-1939), artista plástico e escritor. Em 1913 ingressou no Mundo da Arte.

Quer saber? De fato, as maçãs eram magníficas. Fazia tempo que não via maçãs assim. Redondas, vermelhas, quanto será que elas podem custar? Eu vi no Elisséiev[4] uma maçã desse tipo, só que muito menor. E ela era cuidada como se fosse Cavalieri[5], era lavada, retocada e depois os funcionários faziam sua manicure todas as manhãs. Sabe, parece que essa maçã nem sequer estava à venda, o dono resolveu esperar a cotação do rublo melhorar.

Já os Bolónkin estavam distribuindo arroz na cooperativa... Ah, veja só, eu caí de novo nos produtos alimentícios. Não, não vou, não vou. Jurei que não iria. É preciso repousar a alma na beleza, na arte.

Aliás, no que diz respeito à beleza agora está tão difícil, um horror.

Imagine que mesmo um bom pó está impossível de achar. Um horror! E a madame Bolónkina garante que é possível assar pão com pó e creme para pele ou batom. Diz que é muito gostoso, só que provoca

---

4 Empório Elisséiev, fundado em 1903 na avenida Niévski, em São Petersburgo.

5 Lina Cavalieri (1874-1944), soprano italiana.

náuseas por muito tempo. Agora imaginem fazer pão com qualquer coisa. O irmão da madame Búlkina diz que assou um pão com massa de vidraceiro, e que a receita é muito simples: tire da janela e coma... Ah, meu Deus, olha eu de novo falando de produtos alimentícios! Desculpem, é puro nervosismo, já vai passar. Afinal, eu dei minha palavra de que não vou, então não vou. É preciso repousar a alma. Os tempos estão tão difíceis. Ontem encontrei um compositor: que talento, que beleza! E imagine só, também sem dinheiro. Eu, ele diz, estou vendendo toda a minha coleção de tapetes persas, com isso vou comer. Vou me alimentar de tapetes, feito uma traça. Ora, antes tapetes do que carne de cavalo. Já estou tão farta dessa carne de cavalo que não consigo nem ouvir falar mais disso. A madame Bolónkina come; ela esconde, mas come. Recentemente ela convidou a todos para um rosbife. A criada serve a mesa e, em vez de dizer "A comida está servida", soltou "Os cavalos estão servidos!". Aqui está seu rosbife. Oh, olha eu de novo. Por Deus, desculpem-me, eu tinha dado minha palavra. Vamos falar de amor, de arte.

O que é que eu queria dizer? Ah, sim: o dentista Merkin está assando pães com massa de obturação e cardamomo. Diz que é muito bom. Diz até que é vantajoso. Pois, se ficar preso nos dentes, é até útil. Ora, eu de novo! Outra vez! Ah, meu Deus! Eu amo tanto a arte!

Um dia no futuro

Se uma pedra lançada não encontrar no caminho um obstáculo, ela descreverá o arco previsto pela física e cairá.

Não é verdade?

—

O céu enevoado da manhã foi inesperadamente cortado por um pequeno raio dourado e pálido. Foi como se ele tivesse jorrado, rasgado o grosso tecido cinzento e, posto em liberdade, tivesse se perdido, tremeluzido, se esgueirado pela neve impetuosa, pela cerca de pedra, como se tivesse se erguido para o alto e batido na grande janela de veneziana do palacete do conde. Bateu e, assustado, escondeu-se. Mas essa pequena batida foi suficiente para despertar o sujeito de ombros largos e barba densa que dormia em seus aposentos, Terenti Gurtsóv, cocheiro de cargas pesadas, distintivo nº 4511.

Terenti espreguiçou-se, soltou um grasnido e chamou a criada.

Atendendo ao seu chamado, a mulher entrou, ficou parada na porta e, depois de ajeitar seu pincenê, perguntou com deferência:

— Em que posso servir?

Terenti tinha certa antipatia por ela – não é ágil! –, porém, valorizava a precisão e a limpeza que ela, como ex-médica, levava tão a sério.

— Um certo vice-almirante veio visitar o senhor, Terenti Sídoritch, e trouxe uma notificação.

— Como é? Uma notificação? Pois chame-o aqui.

Entrou um homem que ainda não era velho, vestindo um uniforme gasto da Marinha, sem dragonas, sem insígnias e sem botões.

— Sou mensageiro. Trouxe uma notificação ao senhor.

— Que notificação?

— Aqui está, leia. E assine o recebimento.

Ele entregou um papelzinho e o livro de registro.

Terenti desdobrou o papel, mas de repente ficou zangado.

— Você vai me empurrar esse papel? Você que deve ler, e não passar para mim. Já que veio, então leia você mesmo.

O vice-almirante ficou confuso e, depois de olhar para a notificação, disse:

— É um requerimento para ministrar uma aula na universidade.

— Que aula?

— Diz que é na faculdade de letras.

— Faculdade de quê?

— De letras.

— Facule, facule... facule é você! Por que vieram atrás de mim? Eu já não trabalho com cargas, vivo no sossego. Por acaso há poucos cocheiros no mundo?

— Evidente que chegou sua vez de assumir a cátedra.

— Assumir o quê?

— A cátedra.

— Eu nunca assumi nada do tipo. Dê-me o livro, onde devo assinar?

— Aqui.

Terenti lambeu a ponta do lápis e depois desenhou uma cruz.

— Assim está bom. Hoje eu estou sem tempo de escrever meu sobrenome em detalhes.

O vice-almirante foi embora, e Terenti, depois de se vestir, saiu de casa.

O porteiro, um ex-ator do teatro imperial, abriu-lhe a porta com o grandioso e majestoso gesto do espanhol Don Carlos.

O cocheiro era bom, embora tivesse sido também professor de botânica. Talvez justamente por esse motivo conversava com tanto interesse sobre aveia.

Tinham até conhecidos em comum; o irmão do professor, na época um cirurgião famoso, trabalhava para Terenti como assistente de zelador.

Conversando, eles nem notaram que haviam chegado.

No caminho, para ostentar, Terenti comprou jornal de um ex-general tenente e, abanando-se graciosamente com ele, como se fizesse calor, subiu pela escada.

Em um dos auditórios, havia acabado de terminar uma aula sobre história da filosofia, que fora ministrada pelo ex-policial Semión Lazdrig. A aula, claro, havia agradado: a juventude entusiasmada aplaudia o palestrante.

— E você, por que veio? – um dos aplaudidores perguntou afável a Terenti.

— Devo dar uma aula. Sobre facule. Dizem que há poucos cocheiros, então vieram atrás de mim.

— Ora, se é para dar aula, então dê a aula.

— Só não se estenda muito – encorajou outro. — Para nós também não é fácil.

Terenti limpou a garganta, alisou a barba e começou:

— Camaradas universidades! Eu era cocheiro de cargas pesadas, mas agora vou falar disto... de facule. Pois os senhores precisam de educação superior. Não se pode deixar a burguesia se aproximar. Eles irão ensinar coisas para vocês que não dá nem para pronunciar. Vão obrigá-los a escrever a letra "*iat*"[1]. Não é verdade o que digo?

— Verdade! – responderam os ouvintes.

— Já chega disso tudo! Não é verdade o que digo?

— Verdade! Vamos lá, moçada, aplaudam.

---

1 A letra ѣ (*iat*) compunha o alfabeto cirílico até a reforma ortográfica de 1918.

Aplaudiram Terenti por muito tempo. Queriam até mandar um telegrama para o ministro da Educação, mas ninguém sabia ler. Lembraram, inclusive, que o ministro tampouco sabia ler, então decidiram que era melhor não o incomodar.

Em vez do telegrama, aplaudiram Terenti um pouco mais e depois o deixaram em paz.

No caminho de volta ele ultrapassou um longo comboio de lenha. Os cocheiros que acompanhavam o comboio eram de procedências muito engraçadas: um havia sido tenor da Ópera Marínski, outro, acadêmico, o terceiro, capitão do Estado-maior, o quinto, um ginecologista. Terenti ficou muito tempo olhando para eles, virou-se e fez um aceno com a cabeça.

— Não, esse negócio de carga é mais difícil do que facule.

Em casa, uma surpresa desagradável o aguardava: estava sentado à mesa seu filho de 10 anos, que olhava atento para uma cartilha.

Terenti arrancou o livro do menino e o rasgou em pedacinhos.

— Filhote perebento! – gritou. — Resolveu ler livrinhos? Quer aprender ciências? Está querendo virar pastor de ovelhas?

Ele bateu a porta irritado e foi para o escritório devorar sua sopa de repolho.

O garoto soluçou muito e recolheu as folhas rasgadas. A médica recolheu a louça, aproximou-se na ponta dos pés do menino que chorava e, acariciando timidamente sua cabeça, sussurrou:

— Não chore! Não chore! Ainda veremos o céu coberto de diamantes![2]

---

2 Referência a uma fala da personagem Sônia, em *Tio Vânia* (1897), de Anton Tchékhov: "Vamos descansar! Vamos ouvir os anjos, vamos ver todo o céu coberto de diamantes".

Na imigração

Meu primeiro Tolstói

Eu lembro. Aos 9 anos de idade.

Leio *Infância e adolescência*, de Tolstói. Leio e releio.

Nesse livro, tudo me é caro.

Volódia, Nikólienka, Liúbotchka, todos eles vivem comigo, todos eles se parecem comigo, minhas irmãs e meus irmãos. E a casa da avó deles em Moscou é a nossa casa em Moscou; e quando leio sobre a sala de estar, sobre o sofá ou a sala de aula deles, não preciso imaginar nada – esses são nossos cômodos.

Também conheço bem Natália Sávvichna, ela é nossa boa e velha Avdótia Matvievna, antiga serva de vovó. Ela também tem um baú com diferentes imagens coladas na tampa. Ela só não é tão gentil quanto Natália Sávvichna. É uma resmungona. E sobre ela até mesmo meu irmão mais velho declamou: "E a nada, em toda a natureza, bênçãos ele quis dar".[1]

E ainda assim as semelhanças são tantas que, lendo sobre Natália Sávvichna, vejo com clareza a figura de Avdótia Matvievna.

São todos a minha própria família.

Até minha avó, olhando severamente com o olhar questionador de debaixo da touca franzida, com seu frasco de água-de-colônia na mesa lateral ao lado de sua cadeira... é tudo idêntico, tudo familiar.

O único estranho é St. Jérôme, o preceptor, que odeio junto com Nikólienka. Sim, como o odeio! E mais e por mais tempo que Nikólienka, porque ele fez as pazes e o perdoou, já eu continuei a odiá-lo por toda a minha vida.

Infância e adolescência entrou na minha infância e adolescência, fundiu-se nelas organicamente, como se eu não tivesse lido, mas vivido aquilo.

Mas na história da minha alma, outra obra de Tolstói me atingiu como uma flecha vermelha em meu primeiro desabrochar: *Guerra e paz*.

---

1 Trecho do poema *Demônio*, de Aleksandr Púchkin, grande poeta nacional russo.

Eu lembro.

—

Tinha 13 anos.

Toda noite, à custa dos meus deveres de casa, leio e releio um único livro e somente ele: *Guerra e paz*.

Estou apaixonada pelo príncipe Andrei Bolkónski. Odeio Natacha, primeiro porque sinto ciúmes e, segundo, porque ela o traiu.

— Sabe – digo à minha irmã –, Tolstói, a meu ver, não escreveu a verdade sobre ela. Ninguém poderia gostar dela. Veja você mesma: a trança dela era "sem volume e curta", e seus lábios, inchados. Não, não acho que alguém pudesse gostar dela de jeito nenhum. Ele ia se casar com ela só por dó.

E também não me agradou o príncipe Andrei gritando quando se aborrecia. Pensei que aqui Tolstói havia errado mais uma vez. Eu sabia que na verdade o príncipe não gritava.

Toda noite, eu lia *Guerra e paz*.

Os momentos que antecediam a morte do príncipe Andrei eram de tortura.

Acho que eu sempre esperei por um milagre. Devia

ser, porque toda vez que ele morria o desespero me dominava.

À noite, deitada na cama, eu o salvei. Obriguei-o a se jogar no chão junto com os demais quando uma granada explodiu. Como nenhum soldado pensou em empurrá-lo? Eu teria pensado, eu teria empurrado.

Depois enviei a ele os melhores e mais modernos médicos e cirurgiões.

Toda semana eu lia que ele estava morrendo, e esperava e acreditava no milagre de que, dessa vez, ele não morreria.

Não. Morto! Morto!

Uma pessoa viva morre uma única vez, mas este morria sempre, sempre.

Meu coração lastimava e eu não conseguia me preparar para as aulas. Pela manhã... Todos sabem o que acontece pela manhã com aqueles que não conseguiram se preparar para as aulas!

Eis que finalmente cheguei a uma solução. Decidi ir até Tolstói pedir-lhe que salvasse o príncipe Andrei. Ainda que ele se case com Natacha, ainda que isso, ainda que aquilo – desde que ele não morra!

Perguntei à preceptora se um autor poderia mudar algo em sua obra impressa. Ela respondeu que poderia acontecer, e que os autores eventualmente fazem correções para novas edições.

Consultei minha irmã. Ela me disse que é preciso ir ao autor necessariamente com uma fotografia dele e pedir que a autografe, de outro modo, ele nem sequer falará algo, ainda mais para menores de idade.

Foi muito assustador.

Pouco a pouco, fui descobrindo o endereço de Tolstói. Diziam-me coisas diferentes: que ele estava em Khamóvniki, que tinha deixado Moscou, que deixaria a cidade a qualquer momento.

Comprei um retrato. Comecei a definir o que diria. Tive medo de chorar. Escondi o objetivo dos meus familiares, eles ririam.

Finalmente decidi ir. O momento era apropriado porque haviam chegado alguns parentes e a casa estava comovida com eles. Pedi à minha antiga babá que me levasse à "casa de um amigo para estudar", e fui.

Tolstói estava em casa. Os poucos minutos que tive de esperar na antessala passaram rápido, a ponto de não dar tempo de escapar; e na frente da babá seria embaraçoso.

Lembro-me de uma senhora gorda que passou por mim cantarolando. Isso definitivamente me confundiu. Caminhar com naturalidade e, ainda por cima, cantarolando. Pensei que na casa de Tolstói todos andavam na ponta dos pés e falavam sussurrando.

Por fim, ele. Era mais baixo do que eu esperava. Olhou para a babá, para mim. Estendi a fotografia pronunciando o "L" no lugar do "R" e balbuciei:

— Eu suplico: podelia assinar a fotoglafia?

Ele logo a tirou de minhas mãos e foi para outro cômodo.

Foi então que percebi que não ousaria perguntar-lhe nada, contar nada, e que havia me envergonhado para sempre aos seus olhos com meus "podelia" e "fotoglafia", e só Deus poderia me livrar daquilo.

Ele voltou e entregou-me a fotografia. Despedi-me com reverência.

— E a você, senhora, o quê? – perguntou à babá.

— Nada, eu só a acompanho. Apenas.

Lembrei-me, na cama, de "podelia" e "fotoglafia" e chorei no travesseiro.

—

Em minha classe, eu tinha uma rival, Iúlia Archeva. Ela também estava apaixonada pelo príncipe Andrei, mas de forma tão impetuosa que toda a classe sabia disso. Ela também censurava Natacha Rostova e não acreditava que o príncipe gritasse.

Escondi meus sentimentos com cuidado e, quando Archeva começou a se inflamar, fiquei distante para não ouvir nada nem me entregar.

Uma vez, durante a aula de literatura, analisando alguns tipos literários, o professor mencionou o príncipe Bolkónski. Toda a turma, como se fosse uma só pessoa, virou-se para Archeva. Ela ficou vermelha, deu um sorriso falso, e suas orelhas ficaram tão cheias de sangue que incharam.

Seus nomes estavam ligados, seu romance estava marcado pela zombaria, pela curiosidade, pelo julgamento, pelo interesse – reações que a sociedade sempre tem a cada romance.

Eu, sozinha, com meu sentimento "ilícito" secreto, não sorria, não cumprimentava, nem ousava olhar para Archeva.

À noite, li sobre a morte dele. Li e já não esperei por um milagre, não acreditava mais.

Li com tristeza e dor, mas não murmurei. Abaixei a cabeça obediente, beijei o livro e o fechei.

— Havia vida, terminou e fim.

Nostalgia

A poeira de Moscou na fita de um velho chapéu
Como um símbolo, protejo sagradamente...
— Lolô[1]

Ontem meu amigo estava meio quieto, ficou pensando em algo, depois sorriu e disse:

— Receio que, para completar, vou ficar nostálgico.

Sei o que significa quando as pessoas sorriem e falam sobre um grande pesar. Isso significa que estão chorando.

Não precisa ter medo. O que você teme já chegou.

Eu vi os sinais dessa doença e vejo-os cada vez mais.

---

1 Versos do poema *Poeira de Moscou*, do poeta, jornalista e dramaturgo Lolô, pseudônimo de Leonid Grigórievitch Munchtein (1867-1947).

Chegam nossos refugiados, exaustos, enegrecidos pela fome e pelo medo, saciam-se, acalmam-se, olham em volta, como se estabelecessem uma nova vida, e de repente apagam-se.

Os olhos esmaecem, as mãos indolentes caem e a alma murcha – a alma voltada para o oriente.

Não acreditamos em nada, não esperamos nada, não queremos nada. Morremos.

Temiam a morte pelos bolcheviques – e morreram aqui.

Aqui estamos – a morte corrigida pela morte.

Só pensamos no que está lá agora. Só nos interessa o que vem de lá.

Mas, afinal, aqui há tanto a fazer. É preciso salvar-se e salvar os demais. Mas sobrou tão pouca vontade e força...

—

— Diga, será que as florestas ainda existem? Afinal, não podiam derrubá-las: não havia ninguém nem nada.

Ainda existem as florestas. E a relva russa, verdinha.

É claro que aqui também há relva. E até muito boa. Mas é a *herbe* deles, e não a nossa grama.

E as árvores deles talvez sejam até muito boas, mas são estranhas, não compreendem russo.

Todas as mulheres russas sabem: se a dor é grande e é preciso lamentar – vá para a floresta, abrace uma bétula com força, com os dois braços, pressione o peito e balance com ela, e chore com toda a força; com palavras, com lágrimas, vá junto com ela, com a alva, com a sua bétula russa.

Mas experimente fazer isso aqui.

— *Allons au Bois de Boulogne embrasser le bouleau!*[2] Traduzam a alma russa para o francês... O quê?

Ficou mais divertido?

Lembro-me de que no início da revolução, quando começaram a chegar nossos emigrantes, um dos futuros bolcheviques, que havia muito saíra da Rússia, olhou por muito tempo um riacho suburbano, como ele corria, saltando de pedrinha em pedrinha, brincava com as gotas, simples, pobre e alegre. Olhou, e de repente seu rosto ficou bobo e feliz:

— Nosso rio russo!

Aí está a Terceira Internacional!

---

2 "Vamos ao Bois de Boulogne abraçar a bétula!" Em francês no original.

Que caloroso!

Afinal, quem sabe, em breve também *lá* florescerá o lilás...

—

Uns amigos meus têm uma babá. Trazida de Moscou.

Suave, a mais autêntica: gorda, zangada, não gosta de novas ordens, observa as antigas, sabe assar *vatrúchkas*[3] e mantém a casa toda no medo.

À noite, quando as crianças sossegam e adormecem, a babá vai para a cozinha.

Lá uma cozinheira francesa prepara um jantar francês tardio.

— *Asseyez-vous!*[4] – ela oferece uma banqueta.

A babá não se senta.

— Não precisa, as pernas ainda aguentam, graças a Deus.

Fica em pé junto à porta, olha severa.

— Mas me diga, por que não ouvem o evangelho? Tem igrejas, mas não ouvem o evangelho. Aposto que

---

3 Pãozinho doce recheado com *tvorog*, espécie de ricota russa.

4 "Sente-se!" Em francês no original.

se cala! Todos podem se calar, calar é até muito fácil. Mas por sua fé, minha querida, cada um é obrigado a carregar a culpa e responder por si.

É isso!

— Eu ponho aipo e ervilhas na sopa! – a cozinheira responde gentilmente.

— É isso mesmo... Como então chegarão às matinas sem o evangelho? Justamente, vejo que não vão. É pecado julgar, mas é impossível não julgar... E por que não têm cães? A cidade é tão grande, mas os cães – dá pra contar nos dedos. E são os mais magrinhos, as caudas tremem.

— Quatro francos o quilo – objeta a cozinheira.

— Agora estão vendendo morangos. Será possível no mês de abril? Agora temos a graça do oxicoco que as mulheres trouxeram para o mercado, os primeiros, cobertos de neve. É bom no chá também. E você? Vai ver nunca nem provou *kissel*[5]!

— *Le président de la République?* – espanta-se a cozinheira.

---

5 Sobremesa preparada com frutas geralmente cítricas e engrossada com amido ou fécula. O alimento aparece em textos antigos e em muitos provérbios. Tem um papel importante no imaginário russo como um alimento salvador associado ao paraíso.

A babá fica por muito tempo no lintel da porta. Conta longamente sobre as florestas, campos, freiras, cogumelos salgados, baratas negras, uma procissão religiosa com água benta para que chovesse e o grão fosse regado. Fala até não poder mais, não se entristece, encolhe-se como se fosse diminuir, e vai até o quarto das crianças, aos pensamentos noturnos, aos nossos anciãos – dá tudo no mesmo.

—

Veio do sul da Rússia um farmacêutico. Diz que em dois meses precisamente o bolchevismo vai acabar.

Ouvem o farmacêutico. E as almas pálidas, voltadas para o oriente, ficam até rosadas.

— Bem, claro, em dois meses. Será que não demora um pouco mais? Afinal, não pode ser!

Acostumada a "limites", a alma humana crê que para o sofrimento também há um limite.

O ferido morria em terríveis agonias, cada vez maiores. E nunca esquecerei como ele repetia a mesma coisa, como se estivesse surpreso:

— O que é isso? Afinal, não pode ser!

Pode.

Matéria-prima

Noite russa num grande teatro parisiense.

Ópera russa, balé russo, fragmentos talentosos e coloridos de memórias e conversas sempre iguais. Um ex-bailarino petersburguês, ostentando termos técnicos, esmiúça pontas e saltos perfeitos.

Tudo é velho, tudo é parecido com o anterior.

Nova e diferente somente ela – a Grande Tristeza.

No meio de uma conversa vazia ou pragmática, ela se aproximará, apagará os olhos dos falantes, baixará amargamente os cantos da boca, moverá as sobrancelhas e à pergunta sobre "baterias"[1] responderá:

---

1 Passo de balé.

— Dizem que o frio e a fome do próximo inverno levarão metade da população da Rússia...

Sabemos que suas palavras são indelicadas. Somos convidados e comportamo-nos de modo absolutamente decente.

Temos um homem doente terminal em casa. Mas fomos nos divertir com nosso círculo de amigos. Nós nos vestimos "tão bem quanto os outros" e sorrimos, e nos apoiamos em conversas de salão – falamos sobre a arte alheia, a ciência alheia, a política alheia. Sobre nós, calamos – somos bem-educados. Até sobre Tolstói e Dostoiévski, que sempre desatolam nossa carroça frouxa do mais verde pântano – mencionamos tudo cada vez mais raramente.

Uma vergonha.

Como uma parente pobre que caiu numa casa rica no dia onomástico e que se lembra:

— Na juventude eu tinha, quando ainda vivia com meu marido em Jitómir, um xale maravilhoso...

— Por que ela está grasnando? – perguntam-se um ao outro os anfitriões num sussurro descontente.

— Pelo visto quer mostrar que é de família nobre.

Sim, mas o que Tolstói e Dostoiévski têm a ver? Tudo isso já passou e morreu junto conosco, e aqui, em nossa vida após a morte, não desempenham nenhum papel e não possuem nenhum significado.

Tudo isso entrou nos dicionários – "ver letra D e letra T".

Agora não estão interessados em cultura russa, mas em algo diametralmente oposto:

— Em matérias-primas russas.

"Matéria-prima" é a palavra que está mais na moda.

Viveram, viveram, criaram, mas mesmo assim saiu uma matéria-prima diferente das necessidades.

Matéria-prima!

No homem russo, a oposição, a resistência são muito fracas. Ele é suave por natureza e recebeu uma educação para não "se gabar".

Até diz com orgulho que tal cientista ou professor, ou artista, literato, pintor – serve em algum lugar como um simples trabalhador.

— Muito bem! – diz. — No exterior vão lhe ensinar o trabalho correto, a técnica.

Como não está nada bem, e como não há nada com o que se alegrar!

Esquecerá seu presente, brilhante e individual, e passará para a matéria-prima alheia.

Sobre arte russa, literatura russa – especialmente

literatura russa – em breve se deixará de falar. Tudo isso já foi. Não há novidade. Ninguém pode trabalhar. Podem apenas lembrar e fazer um balanço dos resultados.

Dizem:

— Lembrem-se, eu escrevi... Lembrem-se, eu disse. Depois da morte, lembram-se da vida.

Sim, e como escrever? Nosso cotidiano morreu. Ao que parece, a história mais recente passou, como um romance histórico.

Lá, no Soviete dos Deputados, também não trabalham. Vemos nos jornais e relatos que nos teatros estão em cartaz todas as coisas antigas.

Pararam. Vamos às matérias-primas.

Parece-me que pela cabeça dos nossos anfitriões, que visitamos agora, às vezes deve passar a seguinte pergunta:

— Como eles podem viver, ou seja, vestir-se, comprar coisas, jantar e ir ao teatro assistir às nossas peças alegres, quando todos os dias o rádio martela novos gemidos e gritos de morte de seus entes queridos?

Provavelmente é isso que se perguntam.

Mas nós sabemos como vivemos, e sabemos que assim podemos viver.

Sim: comemos, nos vestimos, compramos, estrebuchamos as pernas como rãs mortas atravessadas por uma corrente galvânica.

Não falamos com total sinceridade e total desespero nem mesmo a sós com os mais próximos. É proibido. Terrível. Precisamos cuidar uns dos outros.

Somente à noite, quando o cansaço encerra a consciência e a vontade, a Grande Tristeza conduz a alma à sua terra natal. Conduz e mostra campos vazios infinitos, aldeias empobrecidas como fragmentos – galhos quebrados e pedaços de palha podre, rios caudalosos vazios onde apenas as gaivotas pegam peixes e um urso insolente, fera parda, em plena luz do dia, vai beber água potável. E mostra as minas vazias ressoantes, e arrasta a alma para as densas florestas impenetráveis, para as cidades fabulosas e seus mortos campanários multicores, com o pavimento coberto de mato, onde a carcaça de um cavalo jaz junto ao alpendre do tsar – o pescoço plano alongado, o flanco distendido, e perto de um poste algo comprido, escuro, gira, gira, desenrolando uma corda.

E voam pelo céu corvos negros, dos quatro cantos. São muitos, muitos. Descem, sobem e, de novo, descem, gritam, grasnam. E não brigam. Para quê? Tem o bastante para todos.

Tem matéria-prima o bastante.

Cartas sutis

Começaram a receber cartas do Soviete dos Deputados. Com cada vez mais frequência.

Cartas estranhas.

Justamente com base nessas cartas cresce e se fortalece o rumor de que no Soviete dos Deputados todos enlouqueceram.

Jornalistas e figuras públicas, que tentaram basear nessas cartas suas conclusões sobre economia, política ou apenas sobre a vida cotidiana da Rússia, adentraram uma floresta de absurdos tão densa que até as pessoas que acreditavam piamente na ilimitada capacidade dos russos começaram a olhar desconfiadas.

Algumas dessas cartas vieram parar nas minhas mãos.

Uma delas, endereçada a um advogado do tribunal distrital e escrita por seu irmão médico, começava com a seguinte forma de tratamento:

"Querida filhinha!"

— Ivan Andreitch! Como o senhor acabou se tornando "filhinha" do seu próprio irmão?

— Não estou entendendo nada. Tenho até medo de imaginar.

Novidades eram informadas na carta seguinte:

"Está tudo bem conosco. Aniúta morreu de um forte apetite..."

— Talvez tenha sido de apendicite – imaginei eu.

"Toda a família dos Vankóv também morreu de apetite..."

Não, tem algo de errado...

"Piotr Ivánitch já há três meses leva uma vida reclusa. Koromíslov começou a levar uma vida reclusa há onze meses. Seu destino é desconhecido.

"Micha Petróv levou uma vida reclusa por apenas dois dias, depois manuseou com descuido armas diante das quais foi parar acidentalmente. Todos estão tão felizes."

— Meu Deus! Meu Deus! Mas o que é isso? Não são homens, são animais! O homem morre de um acidente infeliz e eles ficam felizes.

"... Passamos no seu apartamento. Agora tem muito ar lá dentro..."

— Mas que diabo é isso? Como entender uma coisa dessas?

— Tenho até medo de pensar! Não ouso imaginar!

A carta encerrava-se com as seguintes palavras:

"Escrevo pouco porque quero dar uma volta lá fora e não desejo levar uma vida reclusa."

—

Por muito tempo fiquei sob a forte impressão produzida por essa carta.

— Sabem, que tristeza – eu disse a uns conhecidos. — Pois o irmão do nosso Ivan Andreitch enlouqueceu. Chama Ivan Andreitch de "filhinha" e escreve umas baboseiras que tenho até vergonha de dizer.

Senti muita pena do pobre homem. Era uma boa pessoa.

Finalmente descubro que algum francês está se oferecendo para levar uma carta direto para Petrogrado.

Ivan Andreitch alegrou-se. Eu também ia acrescentar algumas palavras – talvez o homem não tenha enlouquecido totalmente, talvez compreenda algo.

Ivan Andreitch e eu decidimos escrever uma carta juntos. Que fosse simples, clara e compreensível para uma mente embotada.

Escrevemos:

Querido Volódia!

Também recebi sua carta. Sinto muito que tudo esteja tão ruim para você. Por acaso é verdade que aí comem carne humana? Que horror! Acordem! Dizem que a taxa de mortalidade é terrível. Tudo isso nos perturba tremendamente. Vivo bem. Faltam apenas vocês para que tudo seja maravilhoso. Eu me casei com uma francesa e estou muito feliz.

Teu irmão Vânia.

No final da carta acrescentei:

Saudações cordiais a todos.

Téffi.

A carta estava pronta quando veio nos visitar um amigo em comum, advogado, uma pessoa experiente e vivida.

Quando descobriu o que estávamos fazendo, refletiu um pouco e disse seriamente:

— E os senhores escreveram a carta corretamente?

— Como assim... o que significa "corretamente"?

— Significa que os senhores podem garantir que seu correspondente não será preso ou fuzilado por causa dessa sua carta?

— Deus me livre! Umas coisas tão simples, mas o que é isso!

— Então permita-me dar uma olhada.

— Como queira. Não há nada a esconder.

Ele pegou a carta. Leu. Suspirou.

— Eu sabia. Fuzilamento em 24 horas. Já não será o primeiro caso.

— Pelo amor de Deus! Onde está o problema?

— Em tudo. Em cada frase. Antes de mais nada, os senhores deveriam ter escrito no gênero feminino, caso contrário seu irmão será fuzilado como o irmão de um homem que fugiu do recrutamento. Em segundo lugar, não devem mencionar que receberam uma carta, pois a correspondência está proibida. Além disso, não devem mostrar que sabem como a situação deles é ruim.

— Mas então como deve ser? O que escrever, afinal?

— Permita-me que eu reescreva esta carta na forma adequada. Não se preocupe, eles entenderão.

— Bem, seja o que Deus quiser! Refaça.

O advogado anotou, escrevinhou e leu-nos o seguinte:

Querido Volódia!

Não recebi sua carta. Que bom que está tudo bem com vocês. Por acaso é verdade que já não comem mais carne humana? Mas é tão gostoso! Acordem! Dizem que a taxa de natalidade é terrível. Tudo isso nos acalma tremendamente. Vivo mal. Faltam apenas vocês para ficar tudo ruim... Eu me casei com uma francesa e estou horrorizado.

Tua irmã-Ivan.

Pós-escrito:

Para o inferno todos vocês. Téffi.

— Bem, aí está – disse o advogado, admirando taciturno sua obra e inserindo vírgulas quando necessário. — Assim podem mandar sem nenhum risco. Os senhores estão seguros e o destinatário permanecerá vivo. E ainda assim a carta será recebida. Uma correspondência ajustada, por assim dizer.

— Tenho receio apenas do pós-escrito – observei timidamente –, é um tanto rude.

— É assim mesmo que deve ser. Não fuzile as pessoas por causa da sua ternura.

— Tudo isso é maravilhoso – suspirou Ivan Andreitch. — A carta e tudo o mais. Mas o que eles vão pensar de nós? Afinal, a carta é, perdoe-me, idiota.

— Não é idiota, mas sutil. E mesmo se pensarem: vocês viraram uns idiotas, grande coisa. O principal é que estão vivos. Nem todos hoje em dia podem se gabar de ter parentes vivos.

— E se de repente eles... ficarem com medo?

— Bem, quem sai na chuva é para se molhar. Querem receber cartas, então que não tenham medo.

A carta foi enviada.

Senhor! Senhor! Livrai-nos e protegei-nos.

Que faire?

Ouvi dizer que um general russo refugiado foi à Place de la Concorde, olhou em volta, olhou para o céu, para a praça, para os edifícios, lojas, para a multidão variegada e tagarela – coçou o topo do nariz e disse com sentimento:

— Tudo isto, claro, é bom, senhores. É até muito bom. Mas... *que faire*? *Faire*, então, *que*?

O general é uma introdução.

A história ainda está por vir.

—

Nós, os chamados "lesrusses"[1], vivemos a mais estranha vida, diferente de todas as outras vidas. Mantemo-nos

1 No original, uma mescla de francês transliterado para o cirílico e terminação plural do russo, que significa "os russos".

juntos não por atração mútua, como, por exemplo, um sistema planetário, mas, contrariando as leis da física, por repulsão mútua. Cada "lerusse" odeia todos os demais, certamente tanto quanto os demais o odeiam.

Esse estado de espírito provocou algumas excrescências no discurso russo. Assim, por exemplo, entrou em uso a partícula "ladrão-do", que é colocada diante do nome de cada "lerusse".

— O ladrão-do-Akímenko, o ladrão-do-Petróv, o ladrão-do-Savéliev.

Essa partícula há muito perdeu seu significado original e carrega o caráter do "*le*" francês para designar o gênero da pessoa nomeada ou o "*don*", do espanhol.

— Don Diego, don José.

Ouvem-se as conversas assim:

Ontem na casa do ladrão-do-Vélski reuniram-se algumas pessoas. Estavam o ladrão-do-Ivánov, o ladrão-do-Gússin, o ladrão-do-Popóv. Jogaram bridge. Muito agradável.

Homens de negócios conversam:

— Aconselho-os a atrair para o nosso negócio o ladrão-do-Partchenko. Uma pessoa muito útil.

— Mas ele não é do tipo que... Não abusa da confiança?

— Deus do céu! O ladrão-do-Partchenko? A pessoa mais honesta! Uma alma imaculada.

— E talvez seja melhor convidar o ladrão-do--Kussatchenko?

— Bem, não, esse é muito mais ladrão.

Esse prefixo surpreende à primeira vista, até assusta, o recém-chegado.

— Por que ladrão? Quem decidiu? Quem provou? Onde roubou?

E assusta-o ainda mais a resposta indiferente.

E quem sabe o porquê, e onde... Dizem que é ladrão e tudo bem.

— E se não for verdade?

— Ora essa! E por que não seria um ladrão?

E realmente – por quê?

—

Unidos pela repulsão mútua, os "lesrusses" dividem-se definitivamente em duas categorias: os que vendem a Rússia e os que a salvam.

Os vendedores vivem alegremente. Vão ao teatro, dançam o foxtrote, mantêm cozinheiros russos, comem *borscht* russo e dividem-no com os salvadores da Rússia. No meio de todas essas atividades supérfluas não negligenciam de modo algum seu negócio principal, e, se você quiser se inteirar sobre quanto custa e em quais condições a Rússia está sendo vendida agora, é pouco provável que consigam dar uma resposta razoável.

Os salvadores apresentam uma imagem totalmente diferente. Eles se esforçam dia e noite, lutam nas armadilhas de intrigas políticas, vão para lá e para cá e denunciam-se uns aos outros.

Os "vendedores" são tratados com gentileza e é deles que pegam o dinheiro para a salvação da Rússia. Odeiam-se uns aos outros com um ódio ardente.

— Ouvi que o ladrão-do-Ovétchkin acabou se revelando um canalha! Está vendendo Tambóv[2].

— Não diga! Para quem?

— Como para quem? Para os chilenos.

— O quê?

— Para os chilenos, é isso.

— E qual o interesse dos chilenos em Tambóv?

— Que pergunta! Eles precisam de uma base de operações na Rússia.

---

2 Cidade russa 480 quilômetros a sudeste de Moscou.

— Mas Tambóv não pertence a Ovétchkin! Como ele pode vender?

— Pois estou lhe dizendo que ele é um canalha. Ele e o ladrão-do-Gavkin ainda fizeram uma jogada dessas: você pode imaginar, atraíram e pegaram para eles nossa jovem com uma máquina de escrever, bem no momento em que deveríamos apoiar o governo de Ust-Síssolski[3].

— E será que isso existe?

— Existia. Para encurtar a história. Um tenente--coronel – não lembro o sobrenome – declarou-se governante. Durou um dia e meio. Se o tivéssemos apoiado a tempo, o caso teria sido ganho. Mas aonde se pode chegar sem uma máquina de escrever? E eis que perdemos a Rússia. E tudo por causa do ladrão-do-Ovétchkin. E o ladrão-do-Koróbin, ouviu falar? Essa também é boa! Credenciou-se embaixador do Japão.

— E quem o nomeou?

3 Uma das subdivisões da Rússia imperial na parte leste da região de Vólogda.

— Ninguém sabe. Garante que foi algum tipo de governo da Estação de Triagem de Tiráspol[4]. Existiu por uns quinze, vinte minutos, assim... por engano. Depois ficou confuso e acabou. Bem, o Koróbin, ainda que por um quarto de hora, conseguiu passar a perna.

— Mas alguém o reconhece?

— Não importa. Tudo o que ele queria era obter um visto, por isso ele se credenciou. Um horror!

— Ouviu as últimas notícias? Dizem que Bákhmatch[5] será tomada!

— Por quem?

— Não se sabe.

— De quem?

— Também não se sabe. Um horror!

— E como é que você ficou sabendo disso?

— Pelo rádio. Somos servidos por duas rádios – a soviética "Sovrádio" e a ucraniana "Ucrádio". E a nossa própria europeia: "Perevradio".

— E como Paris lida com isso?

---

4 Capital da Transnístria, autoproclamada república independente da Moldávia.

5 Cidade na Ucrânia.

— Que Paris! Paris é conhecida como um cachorro no Sena[6]. O que tem com isso?

— Bem, mas me diga, alguém entende alguma coisa?

— Pouco provável. Você sabe: Tiútchev[7] também disse que "a Rússia não se pode compreender com a mente", e, como não há outro órgão para a compreensão no organismo humano, resta largar de mão. Dizem que uma das figuras públicas locais começou a compreender com o estômago, mas foi demitida.

— Hum, eh, hum...

— Hum, eh, hum...

Então o general olhou em volta e disse com sentimento:

— Tudo isso, senhores, claro, é bom. Até muito bom. Mas *que faire*? *Faire*, então, *que*?

Realmente – *que*?

---

6 Aqui há um jogo entre as palavras "feno" [*siéno*] em russo e o nome do rio Sena [*Siéna*]. A expressão original, *sobáka na siéne* [cão no feno], é inspirada na fábula de Esopo *O cachorro na manjedoura*. Trata-se da história de um cão que não quer dividir com os bois o feno da manjedoura onde está deitado, embora ele mesmo não o coma. O cachorro é punido e a fábula ensina que não se deve privar os outros daquilo de que não podemos desfrutar.

7 Fiódor Tiútchev (1803-1873), poeta russo.

Raspútin

Existem pessoas marcadas pela inteligência, pelo talento, por uma posição especial na vida, que encontramos com frequência e que conhecemos bem e distinguimos com precisão e correção, mas elas passarão embaçadas, como se estivessem fora do foco da sua máquina mental, e são lembradas palidamente para sempre; não há o que dizer sobre elas, a não ser o que todos já sabem; era alto ou baixo, casado, amigável ou arrogante, simples ou ambicioso, vivia ali, conheceu alguém. Películas turvas de fotografia amadora. Você olha e não sabe se é uma menina ou um carneiro...

A pessoa sobre quem quero falar apareceu apenas de relance em dois breves encontros. E eis que sua imagem, com firmeza e nitidez, está gravada em minha memória como se feita a fina lâmina.

E não porque era muito famoso – afinal, na minha vida tive a chance de conhecer pessoas agraciadas por uma real e merecida glória. Nem porque desempenhou um papel trágico no destino da Rússia. Não. Essa pessoa era única, incomparável, como se tivesse sido toda inventada; numa lenda viveu, numa lenda morreu, e feito lenda revestirá a memória.

Um homem semianalfabeto, conselheiro real, pecador e devoto, um lobisomem com o nome de Deus nos lábios.

Diziam que era astuto. Será que havia apenas astúcia nele?

Contarei meus dois breves encontros com ele.

I

Degelo petersburguês. Neurastenia.

Pela manhã não começa um novo dia, mas prossegue a noite anterior, cinza, pegajosa.

Através de uma grande janela saliente espelhada é

possível ver na rua um suboficial ensinando os recrutas a cutucar com a baioneta um boneco de palha. Os recrutas têm o rosto cinza-chumbo e enregelado pela umidade. Uma mulher com um saquinho de papel, acabrunhada, olha e observa.

Angústia.

Toca o telefone.

— Quem é?

— Rózanov[1].

Surpreendo-me, pergunto de novo. Sim, Rózanov.

Fala enigmaticamente:

— Izmáilov[2] lhe disse? Propôs? A senhora concordou?

— Não. Não vi Izmáilov e não sei do que está falando.

— Bem, quer dizer que ainda vai falar com a senhora. Não posso lhe esclarecer nada por telefone. Apenas peço encarecidamente: aceite sem pestanejar. Se a senhora não for, então também não vou.

— Meu Deus! Mas do que se trata?

— Ele esclarecerá tudo. Por telefone é impossível.

---

1 Vassíli Vassílievitch Rózanov (1856-1919), escritor russo.

2 Aleksandr Izmáilov (1873-1921), jornalista e crítico literário russo.

O aparelho estala. A ligação caiu.

Tudo isso é muito estranho e inesperado. Encontrei-me raras vezes com V. V. Rózanov. Com Izmáilov também. A combinação de Rózanov com Izmáilov também me pareceu inusitada. Do que se trata? E por que Rózanov não irá a algum lugar se eu não for?

Liguei para a redação da *Folha da Bolsa*, onde Izmáilov trabalhava. Acabou por ser muito cedo e na redação ainda não havia ninguém.

Mas não foi preciso esperar muito. Cerca de duas horas depois ele mesmo ligou.

— Está para chegar um conhecido muito interessante... Infelizmente, estou impossibilitado de dizer por telefone... Talvez a senhora adivinhe.

Definitivamente eu não fazia a mínima ideia. Combinamos que ele viria e esclareceria tudo.

Veio.

— A senhora ainda não compreendeu qual é o assunto?

Izmáilov – magro, todo de preto, óculos pretos, todo desenhado a tinta com precisão, a voz abafada. Tornou-se até assustador.

De modo geral, Izmáilov era um homem meio assustador: morava no cemitério Smolenski, onde o pai já fora padre, praticava bruxaria, gostava de contar histórias de feitiçaria, conhecia feitiços e magias, e ele mesmo, magro, pálido, todo de preto, com o risco vermelho vivo da boca estreita, parecia um vampiro.

— Ainda não entendeu? – ele riu. — Por acaso não sabe sobre quem é proibido falar ao telefone?

— Sobre o imperador Guilherme ou algo assim? – Izmáilov olhou através de seus óculos pretos para ambas as portas do meu escritório e em seguida, por cima dos óculos, para mim.

— Sobre Raspútin.

— Ah!

— Um certo F. mora em Petersburgo, um editor, já ouviu falar dele? Não? Pois bem, ele existe. E Raspútin o visita com bastante frequência. Para jantar. Por alguma razão, é amigo dele. M. Tch., bastante conhecido nos círculos literários, vai lá com frequência. Sabia?

M. Tch. eu tinha visto. Ele era do tipo "peixe-piloto", andando num séquito de grandes escritores ou artistas. Nessa época ele adorava Kuprin[3], depois migrou para

3 Aleksandr Kuprin (1870-1938), escritor russo de contos e novelas.

Leonid Andréiev[4], depois ficou quieto, como se tivesse desaparecido completamente. E agora vinha à tona.

— Esse mesmo M. Tch. – disse Izmáilov – sugeriu a F. que convidasse alguns dos escritores interessados em ver Raspútin. O público será pequeno, a lista está sendo elaborada cuidadosamente para que não entrem pessoas demais e não ocorram histórias desagradáveis. Recentemente, um amigo meu por acaso cruzou com Raspútin por aqui e alguém tirou uma fotografia deles às escondidas. Como se não bastasse, mandaram a fotografia para uma revista. Raspútin, dizia a manchete, no meio de seus amigos e admiradores. E meu amigo, uma figura pública muito proeminente, um homem sério e bastante decente, não suporta Raspútin e considera uma eterna vergonha ter sido capturado nesse grupo pitoresco. Enfim, para evitar quaisquer problemas desse tipo, coloquei como condição indispensável que não houvesse pessoas demais. F. prometeu, mas hoje de manhã M. Tch. veio correndo me mostrar a lista de convidados. Dos escritores estará, então, Rózanov, que quer a todo custo que a senhora também vá, e sem

4 Leonid Andréiev (1871-1919), escritor russo de contos, novelas e peças.

a senhora ele diz que não vale a pena ir. É óbvio que ele tem um plano.

— E que plano pode ser esse? – ponderei. — Talvez seja melhor não ir? Embora seja curioso ver Raspútin.

— Aí está, é curioso. Quero me certificar pessoalmente se, de fato, é uma pessoa tão significativa ou se é apenas uma ferramenta nas mãos de pessoas hábeis. Arrisquemos, vamos. Ficaremos juntos e não nos demoraremos. Afinal de contas, é uma pessoa histórica. E, se perdermos a oportunidade, talvez não surja outra.

— Só espero que ele não pense que estamos forçando a barra para conhecê-lo.

— Não, não vai pensar. O anfitrião prometeu que nem contaria a ele que somos escritores. Ele diz que não gosta de escritores. Tem medo. Por isso, vão esconder dele a situação. Para nós também é mais vantajoso que não saiba. Que ele fique totalmente livre e como de costume, em seu círculo; e, se começar a fazer pose, então não vai sair nada de interessante. E então, vamos? O jantar está marcado para amanhã; tarde, não antes das dez da noite. Raspútin sempre chega muito tarde. Se o segurarem em Tsárskoe Seló[5]

---

5 Residência da família imperial russa.

e não puder ir, então F. prometeu nos avisar a todos por telefone.

— Estranho tudo isso. Nem sequer conheço o anfitrião.

— Nós também não o conhecemos pessoalmente, nem eu nem Rózanov. Mas ele é bem conhecido. Uma pessoa bastante decente. Então, está decidido: amanhã às dez.

2

Eu já tinha visto Raspútin uma vez de relance. Estava num vagão. Obviamente, ele ia para sua casa na Sibéria, em um compartimento de primeira classe, e não estava só, mas numa comitiva: um homenzinho – uma espécie de secretário –, uma senhora idosa e a famosa dama de companhia V.

Fazia muito calor, as portas do compartimento estavam escancaradas. Raspútin servia o chá: um bule de estanho, roscas, um torrão de açúcar.

Estava sentado com sua camisa solta de chita rosa, enxugou a testa e o pescoço com uma toalha bordada, tinha um sotaque com dificuldades no "o":

— Queridu! Arranja mais um pouco de água fervente! Água fervente, eu disse, arranja mais. A torra está forte, mas água fervente não tem. E onde está a peneira? Ánnuchka, onde enfiou a peneira? Ánnuchka! A peneira, estou perguntando, onde está? Que desmiolada!

—

Na noite daquele dia em que Izmáilov tinha me visitado, ou seja, na véspera do encontro com Raspútin, jantei na casa de amigos num grupo bastante grande.

Na sala de jantar, o espelho sobre a lareira exibia um cartaz:

"Aqui não se fala sobre Raspútin."

Eu já tinha visto cartazes assim em algumas casas. E como eu realmente queria, em vista da reunião próxima, falar sobre Raspútin, li em voz alta e devagar:

— "Aqui não se fa-la so-bre Ras-pú-tin."

A jovem sentada na minha diagonal, magrinha, arguta, nervosa, rapidamente se virou, olhou para mim, para a inscrição, em seguida de novo para mim. Como se quisesse dizer algo.

— Quem é esta? – perguntei a um homem próximo.

— Esta é E., a dama de companhia. Filha daquele E. Conhece? – O nome era muito famoso à época.

— Conheço.

Depois do jantar, a jovem sentou-se a meu lado. Senti que ela desejava muito falar comigo, e queria especialmente desde que eu li a inscrição em voz alta. Mas ela balbuciou algo sobre literatura, de modo distraído e sem sentido, e ficou claro que não sabia como entrar no assunto que lhe interessava.

Decidi ajudá-la.

— A senhorita viu a inscrição sobre a lareira? Engraçado, não? Na casa dos Briantchanínov há uma igual.

Ela imediatamente se animou.

— Sim, sim. Só não entendo o significado. Por que é proibido falar?

— Provavelmente, falam demais e todos já estão fartos...

— Fartos? – era como se estivesse assustada. — Como assim, fartos? Por acaso a senhora acha que esse assunto não é interessante? Como Raspútin pode não ser interessante?

— E a senhorita já o encontrou? – perguntei.

— Quem? Raspútin?

E de repente ela começou a se mexer, inquietar-se,

sufocar, e em suas magras e pálidas bochechas apareceram manchas vermelhas.

— Raspútin? Sim... muito pouco... raras vezes. Sem dúvida ele quer me conhecer. Dizem que é muito, muito interessante. Sabe, quando ele olha fixamente, sempre sinto uma taquicardia terrível... É espantoso. Encontrei-o umas três vezes na casa de amigos. Da última vez, de repente ele se aproximou de mim bem pertinho e disse: "O que foi, pequenina, venha até mim, está ouvindo?". Fiquei terrivelmente confusa, respondi que não sabia, que não podia... Então ele colocou a mão no meu ombro e disse: "Não deixe de vir. Ouviu? Você virá!". E disse "virá" de modo tão autoritário e forte que parecia que isso tinha sido decidido e revelado a ele por alguém. Compreende? Como se meu destino estivesse aberto para ele. Ele o vê e conhece. A senhora com certeza compreende que não irei até ele por nada, mas essa dama em cuja casa o encontrei diz que é preciso ir, que muitas damas de nosso círculo o frequentam, que não há nada de inapropriado nisso. Sim, mas... eu... eu não vou.

Esse "não vou" ela de certa forma gritou. De modo geral, parecia que ela estava prestes a berrar e chorar histericamente.

Que história! Uma jovem calma, inexpressiva, magrela, aparentando não menos de 35 anos. E de repente, de forma tão indecorosa, perde todo o autocontrole diante do simples nome de Raspútin, aquele mujique de camisa de chita rosa, que mandava "Ánnuchka" procurar a "peneira"...

A anfitriã aproximou-se de nós, e E., sem responder à pergunta dela, e provavelmente nem a ouvindo, foi até o espelho num passo desajeitado, cambaleante, retocar o pó do rosto.

Durante o dia seguinte inteiro não consegui me livrar da impressão que aquela dama de companhia agitada e histérica provocara em mim.

Tudo se tornou inquieto e repugnante.

Sentia uma náusea moral de toda essa atmosfera histérica envolvendo o nome de Raspútin.

Compreendi, é claro, que havia um longo rastro de mentiras tolas e banais por trás dele, mas parecia que havia mesmo assim alguma fonte viva e inimaginável, inquieta e sinistra, que alimentava todas essas lendas.

À tarde Izmáilov ligou novamente, reiterou o convite, prometeu que Raspútin iria com certeza, e pediu em nome de Rózanov que eu me arrumasse com "mais elegância", para que Raspútin não suspeitasse nem de longe que eu era escritora, mas sim que conversava apenas com uma "dama".

Esse pedido de "elegância" me fez rir muito.

— Rózanov me impõe decididamente o papel de alguma Judite ou Dalila bíblica. Provavelmente vou falhar. Não tenho nenhum talento para a atuação nem para a provocação. Com certeza, só vou arruinar o caso.

— Bem, lá veremos – tranquilizou Izmáilov. — Quer que eu vá buscá-la?

Recusei, pois jantaria na casa de amigos, e eles deveriam me levar até lá.

À noite, enquanto me vestia, fiquei pensando no que significa "mais elegância" para um mujique.

Coloquei sapatos, anéis e brincos dourados. Tinha muita vergonha de me empetecar demais. Não daria para explicar a todo mundo que isso é um "elegante" sob medida!

No jantar com amigos, dessa vez sem nenhum truque de minha parte, a conversa girou em torno de Raspútin. (Certos, então, estavam aqueles que penduravam cartazes de proibição na lareira.)

Espalharam-se, como sempre, fofocas sobre subornos que iam dos idosos para os bolsos das pessoas certas, sobre propinas alemãs, espionagem, sobre intrigas da corte, cujos fios estavam nas mãos de Raspútin.

Até o "automóvel preto" foi ligado por alguma razão ao nome de Raspútin.

O "automóvel preto" até hoje é uma lenda inexplicada. Esse automóvel correu várias noites seguidas pelo Campo de Marte, voou pela Ponte do Palácio e desapareceu não se sabe onde. Do carro atiravam nos transeuntes. Houve feridos.

— Esse é um caso rasputiniano. Ali tem o dedo dele – sentenciaram os narradores.

— E por que ele está aqui?

— Tudo o que é sombrio, mau, incompreensível lhe é proveitoso. Tudo o que planta é confusão e pânico. Quando precisa, consegue explicar tudo em proveito próprio.

As conversas eram estranhas. Mas, como naquela época em geral havia muita coisa estranha, então ninguém ficou particularmente surpreso. E os eventos que logo aconteceram varreram da memória o "automóvel preto". Ninguém ligaria.

Mas naquele momento, no jantar, falaram sobre tudo isso. O mais importante é que ficaram surpresos com a extraordinária insolência de Raspútin. N.

Razumov, então ex-diretor do Departamento de Mineração, contou indignado que um funcionário de sua divisão da província aparecera com um pedido de transferência e como apoio trouxera um pedaço de papel no qual Raspútin, que Razumov desconhecia de todo, gravara desajeitadamente:

"Queridu, meu caru, atenda o pedido do requerente e não ficarás em dívida comigo. Grigóri."

— Pensem na insolência! Quanta insolência! E muitos ministros contam que recebem bilhetes semelhantes. Muitos ministros (que, obviamente, não dizem nada a respeito) atendem a tais pedidos. E até me disseram que eu estava sendo imprudente por ficar tão furioso, que iam acabar contando para ele. Não, imaginem só, quanta imundície! "Queridu, meu caru!" E quanto ao bom homem que apareceu com um bilhete... Bem, eu lhe mostrei o "caru"! Dizem que desceu a escada de quatro em quatro degraus. E parecia ser um homem decente, e é um engenheiro de carreira bastante importante.

— Sim – disse um dos presentes. — Já ouvi muitas vezes sobre recomendações do tipo "queridu, meu caru", mas um pedido que não tenha sido atendido, é a primeira vez que vejo. Muitos ficam indignados e, no entanto, não consideram possível recusar. Raspútin, dizem, é um homem vingativo.

4

Já eram mais de dez horas quando cheguei à casa de F.

O anfitrião encontrou-me na frente. Disse gentilmente que já havia sido apresentado a mim em algum momento, e conduziu-me a seu escritório.

— Seus amigos já estão aqui há muito tempo.

Na pequena sala esfumaçada estavam sentadas umas seis pessoas.

Rózanov, com um rosto entediado e insatisfeito, Izmáilov, um tanto tenso, fingindo que tudo, como dizem, está bem, quando na verdade algo deu errado.

M. Tch. no lintel, como se estivesse em casa, mais uns dois ou três desconhecidos em silêncio no sofá e, por fim, Raspútin. Ele usava um cafetã russo de tecido preto, botas de cano alto envernizadas, remexendo-se inquieto, agitava-se na cadeira, mudava de lugar, contraía o ombro.

Bastante alto, seco, rijo, com a barba rala, rosto magro, como se tivesse sido tragado por um longo nariz carnudo, ele lançava os olhos brilhantes, penetrantes, bem apertados sob as mechas de cabelos ensebados. Acho que seus olhos eram acinzentados. Eles brilhavam tanto que não se podiam ver as cores. Inquietos. Diz algo e imediatamente percorre todos com os olhos, penetra, como dizem, cada um dos pensamentos, será que está satisfeito, espantado comigo?

Nesse primeiro momento, ele me pareceu um pouco preocupado, confuso e até constrangido. Esforçava-se para dizer palavras "cerimoniosas".

— Sim, sim. Quero voltar o mais rápido possível para Tobólski. Quero orar. Na minha aldeiazinha é bom orar, e lá Deus ouve a oração.

Disse isso, e todos, por sua vez, fomos penetrados aguda e inquisitivamente por seus olhos sob as mechas de cabelo ensebadas.

— Os senhores têm um único pecado aqui. Os senhores não podem orar. É muito difícil quando não se pode orar. Ah, é difícil.

E novamente lançou um olhar preocupado a todos, bem no rosto, bem nos olhos.

Fomos apresentados, e (como, obviamente, os camaradas de escrita já tinham combinado) não disseram meu nome.

Olhou-me atentamente – como se pensasse: “De que tipo é esta?”.

O clima era de monótona tensão, inútil para todos. Algo no jeito de Raspútin – fosse inquietação ou preocupação de que suas palavras agradassem – mostrava que ele parecia saber com quem estava lidando, que alguém, talvez, nos traísse, e que se sentia cercado de “jornalistas inimigos” e fazia pose de ancião e devoto.

Dizem que ele realmente sofreu com os jornalistas. Muitas vezes apareciam notas nos jornais com diversas insinuações maliciosas. Escreveram que Raspútin, num círculo de amigos próximos, embriagado, contara muitas coisas interessantes sobre pessoas do alto escalão. Se foi verdade ou apenas sensacionalismo da imprensa, não sei. Mas sei que Raspútin tinha uma proteção dupla. Uma, com seu conhecimento, protegia de atentados contra a sua vida. A outra, secreta, acompanhava com quem ele andava e se não falava demais, observava e informava o que devia. Como essa segunda segurança foi implantada, não sei ao certo. Acho que alguém queria minar o prestígio de Raspútin na corte.

Ele era sensível, farejava com um olfato de animal que estava cercado e, sem saber onde estava o inimigo, vasculhava com os olhos, espreitava cauteloso, todo alerta...

O humor dos meus amigos transferiu-se para mim. Ficou monótono e de certa forma estranho estar na casa de um desconhecido e ouvir como Raspútin extrai dolorosamente de si frases inúteis para salvar a alma. Exatamente como se passasse por um exame e temesse ser reprovado.

Eu queria ir para casa.

Rózanov levantou-se, chamou-me de lado e disse baixinho:

— Está tudo planejado para o jantar. Talvez ele ainda se solte. Já combinei com o anfitrião: vai sentá-la ao lado dele. Nós estaremos por perto. A senhora vai conversar com ele. Não fala assim conosco – ele gosta das mulheres. Certifique-se de tocar em temas eróticos. Aí ele ficará interessante, é aí que é preciso ouvi-lo. Pode sair uma conversa muito instigante.

Em geral, Rózanov considerava temas eróticos os mais instigantes para qualquer pessoa, então compreendi perfeitamente seu especial interesse por essa conversa com Raspútin. Afinal, o que já não disseram sobre Raspútin: hipnotizador, magnetizador, *khlyst*[6], sátiro, santo e endemoniado.

— Bem – eu disse. — Tentarei falar.

Virando-me, encontrei os dois olhos, afiados como ganchos. Pelo visto, Raspútin ficou perturbado com minha conversa secreta com Rózanov.

Encolheu os ombros e virou-se.

Chamaram à mesa.

Acomodaram-me num canto. À esquerda, Rózanov e Izmáilov. À direita, Raspútin.

Além de nós, havia mais uns doze convidados à mesa: uma velha de ar importante, sobre quem cochicharam "esta é aquela que está sempre com ele". Um senhor preocupado, que depressa se sentou do outro lado de Raspútin, uma jovem dama, bonita e muito bem-vestida ("totalmente elegante"), com uma expressão morta e desesperançada que não combinava com o visual. Na ponta da mesa, instalaram uns músicos esquisitos – com violão, acordeão e pandeiro, como em um casamento na aldeia.

---

6 Participante da seita Khlyst (chicote) que existiu na Rússia do fim do século XVII até o início do XX. Uma das práticas envolvia dança, cantos e flagelação até atingir o êxtase.

O anfitrião aproximou-se de nós, servindo o vinho e oferecendo as entradas. Perguntei baixinho sobre a bela dama e os músicos.

Ao que parece os músicos eram necessários: Gricha[7] gostava às vezes de dançar, e especialmente com a música deles. Aqueles músicos também tocam na casa de Iussúpov.

— Músicos muito bons. Originais. A senhora logo vai ouvir. — Sobre a bela dama, disse que seu marido (o senhor preocupado) tinha algum negócio oficial muito complexo e desagradável, que apenas por meio de Raspútin poderia se tornar mais simples e apropriado. Assim, aquele senhor leva sua esposa onde quer que se encontre o ancião e a põe ao lado dele, na esperança de que algum dia ela chame a sua atenção.

— Já está tentando há dois meses, mas Gricha parece não os ver. Ele é estranho e teimoso.

Raspútin bebia rapidamente e muito e, súbito, inclinou-se na minha direção e começou a sussurrar:

— Por que não bebe? Bebe, por favor. Deus perdoará. Bebe.

— É que não gosto de vinho, por isso não bebo.

7 Diminutivo de Grigóri.

Ele olhou desconfiado.

— Que bobagem! Bebe. Estou te dizendo: Deus perdoará. Deus perdoará. Deus te perdoará de muitas coisas. Bebe!

— Eu já disse ao senhor que não quero. Não vou me forçar a beber, vou?

— Do que ele está falando? – sussurrou Rózanov à esquerda. — Faça-o falar mais alto. Pergunte novamente e peça que fale mais alto para que eu ouça.

— Mas não tem nada para ouvir. Apenas está tentando me convencer a tomar vinho.

— Então a senhora o desvia para o erotismo. Meu Deus! Será que não sabe conduzir uma conversa?

Achei engraçado.

— Não me amole! Estão achando que sou o agente provocador Ázef[8]? E por que me esforçaria pelo senhor?

Afastei-me de Rózanov, e os dois penetrantes olhos rasputinianos, à espreita, me perfuraram.

— Então não quer beber? Como é teimosa. Não bebe quando eu a incito a fazer.

8 Ievno Fíchelievitch Ázef (1869-1918), espião da polícia secreta tsarista, agente provocador entre os socialistas revolucionários.

E tocou suavemente meu ombro num gesto rápido, pelo visto habitual. Como um hipnotizador que deseja canalizar através do toque sua corrente volitiva.

E isso não foi por acaso.

Pela expressão tensa de seu rosto, vi que ele sabia o que fazer. E de repente eu me lembrei da dama de companhia E. e de seu balbuciar histérico: "Ele colocou a mão no meu ombro e disse autoritário...".

Então é isso! Gricha opera sempre de acordo com um programa determinado. Levantei minha sobrancelha surpresa, olhei para ele e sorri com tranquilidade.

Com um espasmo ele encolheu os ombros e soltou um gemido baixinho. Afastou-se rápido e com raiva, como se fosse para sempre, mas logo se inclinou novamente.

— Aí está – disse –, está rindo, mas sabe como são seus olhos? Seus olhos são tristes. Ouça, me diga uma coisa: ele a atormenta muito? E então, por que se cala?... Oh, nós todos amamos uma lágrima, uma lágrima de mulher. Compreende? Eu sei tudo.

Alegrei-me por Rózanov. Pelo visto, o erotismo ia começar.

— O que é que o senhor sabe? – perguntei alto,

de propósito, para que ele também levantasse a voz como muitos fazem sem querer.

Mas ele voltou a falar baixinho:

— Como uma pessoa atormenta a outra por amor. E como é necessário atormentar, sei tudo. Mas não quero a sua dor. Compreende?

— Não consigo ouvir nada! – resmungou com raiva Rózanov à esquerda.

— Espere um pouco! – sussurrei.

Raspútin recomeçou a falar:

— Que anel é esse na sua mão? Que tipo de pedra?

— Ametista.

— Bem, tanto faz. Passe-o calmamente por baixo da mesa. Vou soprar nele, aquecê-lo... Você se sentirá melhor com o sopro da minha alma.

Dei-lhe o anel.

— Ora, mas por que o tirou? Eu mesmo o teria tirado. Não compreende...

Mas eu tinha compreendido perfeitamente. Foi por isso que eu mesma o tirei.

Ele cobriu a boca com um guardanapo, soprou no anel e calmamente o colocou de volta no meu dedo.

— Quando vier até mim, vou lhe contar muita coisa que você nem sabia.

— Mas eu não vou – eu disse, novamente me lembrando da dama de companhia E.

Aí está ele, Raspútin, em seu repertório. Aquela voz artificialmente misteriosa, o rosto tenso, as palavras autoritárias. Tudo isso, portanto, é uma técnica estudada e comprovada. Se for, então tudo é muito ingênuo e simples. Ou será que sua fama de feiticeiro, profeta e favorito do tsar deu aos envolvidos um sentimento peculiar e aguçado de curiosidade, medo e desejo de participar desse terrível mistério? Parecia que eu estava vendo algum tipo de besouro ao microscópio. Vejo patas peludas monstruosas, uma boca gigantesca, mas estou perfeitamente ciente de que na verdade é apenas um pequeno inseto.

— Não vi-rá? Não, virá. Virá até mim.

E de novo secreta e rapidamente tocou meu ombro. Recuei calmamente e disse:

— Não, não irei.

E de novo com um espasmo moveu o ombro e gemeu. Pelo visto, toda vez (e depois notei que, de fato, era assim) que ele via que sua força, sua corrente volitiva não penetrava e era repelida, ele sentia uma dor física. E nisso ele não estava fingindo, pois era evidente como queria esconder tanto o espasmo no ombro quanto o seu estranho e silencioso gemido.

Não, não é tão simples assim. A besta negra ruge nele... Veremos...

5

— Pergunte-lhe sobre Vírubova[9] – sussurrou Rózanov. — Pergunte-lhe sobre todos, deixe-o contar tudo e, sobretudo, mais alto.

Raspútin olhou de esguelha para Rózanov através das mechas de cabelo ensebadas.

— Por que aquele ali está sussurrando?

Rózanov estendeu o copo para ele.

— Eu queria brindar.

Izmáilov brindou também.

Raspútin olhava cauteloso para eles, desviava os olhos, olhava de novo.

De repente, Izmáilov perguntou:

— E então, diga-me, o senhor nunca tentou escrever?

---

9 Anna Vírubova (1884-1964), amiga íntima da tsarina Aleksandra Fiodoróvna.

Ora, pela cabeça de quem, a não ser de um escritor, passaria tal pergunta?

— Aconteceu – respondeu Raspútin nem um pouco surpreso. — Aconteceu várias vezes.

E chamou com o dedo um jovem que estava sentado na outra ponta da mesa.

— Queridu! Traz aqui as folhas com meus poemas que acabou de bater à máquina.

O "queridu" saiu correndo rápido para buscar as folhas.

Raspútin distribuiu. Todos se esticaram para pegar. Havia muitas folhas batidas à máquina, o suficiente para todos. Lemos.

Revelaram-se poemas em prosa, no estilo *Cântico dos cânticos*, vagamente amoroso. Ainda me lembro da frase:

"Belas e altas montanhas. Mas meu amor é mais alto e mais belo que elas, porque o amor é Deus."

Parece que essa foi a única frase compreensível. O resto era um amontoado de palavras.

Enquanto lia, o autor, muito inquieto, olhava todos em volta, acompanhando as impressões.

— Muito bem – eu disse.

Ele animou-se.

— Queridu! Dá uma folhinha em branco, eu mesmo vou escrever para ela.

Perguntou:

— Qual é o seu nome?

Eu disse.

Ele mordiscou o lápis por um longo tempo. Em seguida, numa caligrafia camponesa desajeitada, quase ilegível, escrevinhou:

> A Nadiéjda.
>
> Deus é amor. Por gentileza, ame. Deus perdoará.
>
> Grigóri.

Portanto, o principal *leitmotiv* dos encantos rasputinianos estava claro: ame e Deus perdoará.

Mas por que então suas damas caem num êxtase histérico com uma fórmula tão simples e suave? Por que a dama de companhia E. estremeceu e corou? Deve haver alguma razão para isso.

6

Por muito tempo olhei para as letras mal traçadas da assinatura "Grigóri"...

Que poder terrível havia naquela assinatura. Conheci o caso em que aquelas sete letras mal traçadas trouxeram de volta um homem condenado pelo tribunal e já exilado nos campos de trabalho forçado.

Provavelmente, aquelas mesmas inscrições também poderiam mandar alguém para lá...

— A senhora vai guardar esse autógrafo – disse Rózanov. — Isso é interessante.

De fato, guardei-o por muito tempo. Em Paris, há uns seis anos, achei-o numa velha pasta e dei de presente ao autor francês do livro sobre Raspútin, V. Binchtok.

Raspútin escrevia com dificuldade, era semianalfabeto. Escrevia como o guarda-florestal da nossa aldeia, encarregado do transporte fluvial de toras de madeira na primavera e da captura de caçadores clandestinos. Ele escrevia contas: "Os trens para a datcha vinda e volta é cinto rublu" (cinco rublos).

Raspútin também se parecia fisicamente com ele de forma espantosa. Talvez por isso eu não tenha sentido nenhuma emoção mística nas suas palavras e gestos. "Deus é amor, você vi-rá" e assim por diante. Tudo me lembrava o "cinto rublu" e quebrava o clima... O anfitrião de repente se aproximou preocupado com Raspútin.

— Telefonema de Tsárskoe.

Ele saiu.

Então, em Tsárskoe sabiam onde ele se encontrava naquele instante. Talvez até sempre soubessem onde encontrá-lo.

Aproveitaram sua ausência. Rózanov começou a dar instruções de como conduzir uma conversa sobre todos os tipos de assuntos interessantes.

O principal era que o deixassem contar sobre seus rituais de flagelação. Isso é verdade, como dizem? E se for, então como exatamente ele organiza isso, e se não poderiam, como dizer, assistir a eles.

— Deixe que a convide, e a senhora nos leva junto.

Concordei de bom grado. Aquilo seria realmente interessante.

Mas Raspútin não voltava para a mesa. O anfitrião disse que o tinham chamado às pressas em Tsárskoe Seló (e já passava das onze da noite), que ao sair ele pediu que me dissessem que certamente voltaria.

— Não a deixe ir – F. repetiu suas palavras. — Que ela me espere. Eu voltarei.

É claro que ninguém esperou por ele. De todo modo, nosso grupo imediatamente partiu depois do jantar.

7

Todos os meus conhecidos a quem contei sobre o encontro mostraram um interesse absolutamente extraordinário. Perguntaram sobre cada palavra do ancião, pediram uma descrição detalhada de sua aparência e, sobretudo, "será que não se pode entrar lá?".

— Que impressão ele causou na senhora?

Respondi:

— Não foi forte, mas bastante desagradável.

Aconselharam a não menosprezar esse conhecido. Ninguém sabe o que o futuro lhe reserva, mas Raspútin é uma força que não se pode ignorar. Ele muda ministros, embaralha a corte como um baralho de cartas. Seu desagrado é mais temido que a ira do tsar.

Falavam sobre algumas negociações secretas alemãs entre Raspútin e Aleksandra Fiódorovna. Com auxílio de suas orações e sugestões, ele comanda nosso front.

— Se forem para a ofensiva antes de tal data, o herdeiro ficará doente.

Para uma pessoa que conduz um alinhamento político sério, Raspútin não me parecia sério o suficiente. Contorcia-se demais, distraía-se demais, era meio confuso. Provavelmente, sucumbiu à persuasão e ao suborno, sem pensar e sem ponderar muito. Ele próprio foi levado a algum lugar por essa mesma força que ele queria controlar. Não sei como ele era no início da carreira, mas, naqueles dias em que o encontrei, era como se ele já tivesse sucumbido e girasse num vórtice, em todas as direções, ele mesmo perdido. Repetia palavras delirantes: "Deus... oração... vinho", confundia-se, não compreendia a si mesmo, atormentava-se, contorcia-se, rodopiava numa dança de desespero e grito como alguém numa casa em chamas em busca de um tesouro esquecido. Depois vi essa sua dança satânica...

Contaram que ele reuniu suas admiradoras, damas da sociedade, na *bânia*[10] e obrigou-as a lavar seus pés "para quebrar o espírito do orgulho e aprender a humildade". Não sei se isso é verdade, mas poderia ser. Lá, nessa atmosfera histérica, a invenção mais idiota podia parecer verdade. Afinal, ele não era um magnetizador?

Por acaso falei sobre ele com uma pessoa que estudava seriamente o hipnotismo, o magnetismo, a influência sobre a vontade alheia.

---

10 Espécie de sauna russa.

Contei-lhe sobre o estranho gesto de Raspútin, sobre aquele toque rápido e o espasmo que o fazia se contorcer toda vez que via que sua ordem não era cumprida.

— E por acaso a senhora não sabe? – espantou-se meu interlocutor. — Pois este é um toque típico do ato magnético. É a transmissão da corrente volitiva. E toda vez que essa corrente não é percebida, ela corre de volta e atinge o magnetizador. Essa corrente é tanto mais forte quanto mais intensa e forte é a onda controlada por ela. A senhora conta que ele insistiu longamente, portanto, gastou a sua força. Por isso, a corrente reversa o atingiu de modo tão doloroso que ele se contorceu, gemeu. É provável que tenha sido muito pesado para ele, e ele fez um esforço lancinante para vencer a resistência. Tudo o que a senhora conta é um caso típico de experiência magnética.

8

Três ou quatro dias depois daquele jantar na casa de F., Izmáilov telefonou de novo.

— F. pede-lhe muito encarecidamente para jantar de novo em sua casa. Promete que desta vez será muito mais interessante, que da última vez nem teve tempo de dar uma olhada em Raspútin, já que ele teve de partir.

Contou que M. Tch. veio até ele, insistiu muito que viesse (um verdadeiro empresário!) e mostrou a lista exata dos convidados: todas pessoas pacíficas, de uma sociedade decente. Seria possível ir com calma.

— Pela última vez – Izmáilov tentava me convencer –, vamos falar com ele de forma mais significativa. Talvez consigamos algo interessante. Afinal, o homem é excepcional. Vamos.

Concordei.

Dessa vez cheguei mais tarde. Todos já estavam à mesa fazia muito tempo.

Havia muito mais pessoas do que da primeira vez. Os convidados de antes estavam todos presentes. Os músicos também. Raspútin no mesmo lugar. Todos conversavam entre si com discrição, exatamente como se fossem pessoas comuns convidadas para jantar. Ninguém olhava para Raspútin, como se ele não tivesse nada a ver com aquilo. E ao mesmo tempo sentia-se (e era assim mesmo) que a maioria não se conhecia e que todos tinham vindo apenas para aquilo que nem se atreviam a decidir: ver, conhecer, conversar com Raspútin.

Raspútin tinha despido o camisolão e estava sentado com uma camisa rosa solta com abertura lateral bordada.

Seu rosto estava escurecido, tenso, cansado, os olhos penetrantes estavam muito fundos. Quase virou as costas para a esposa do advogado, a mesma que estava sentada ao lado dele da última vez. Minha cadeira, do outro lado do ancião, estava vazia.

— Ah! Aí está ela – ele contraiu-se. — Bem, sente-se logo. Estou esperando. Por que foi embora da última vez? Voltei e não estava! Bebe! O que você tem? Estou dizendo: bebe! Deus perdoará.

Rózanov e Izmáilov nos mesmos lugares.

Raspútin inclinou-se em minha direção:

— Senti tanto a sua falta.

— Ora, é tudo bobagem. O senhor diz isso por cortesia – respondi em voz alta. — Melhor me contar algo interessante. É verdade que o senhor organiza rituais de flagelação?

— Rituais? Aqui, em Píter[11]?

— Por acaso não é verdade?

11 Modo popular de chamar a cidade de São Petersburgo.

— E quem disse? – perguntou inquieto. — Quem disse? A pessoa disse que ela mesma esteve, viu ou ouviu ou o quê?

— Nem lembro.

— Não le-embra? Vamos fazer melhor, espertinha, venha até mim, eu lhe contarei muita coisa que não sabe. Você não é de origem inglesa?

— Não, cem por cento russa.

— Tem rostinho de inglesa. Em Moscou tem a princesa Ch. O rostinho dela também é de inglesa. Não, vou largar tudo, vou para Moscou.

— E Vírubova? – perguntei já privada de todo o sentido, unicamente para agradar a Rózanov.

— Vírubova? Não, Vírubova não. Ela tem o rosto redondo, não é inglês. Vírubova é meu bebê. Comigo, vou te dizer, é assim: tem uns que são filhos e tem os outros. Não vou mentir, é assim.

— E... a tsarina? – disse Izmáilov, de repente tomado de coragem, com a voz sufocada e rouca. — Aleksandra Fiódorovna?

Assustei-me um pouco com a coragem da pergunta. Mas, para minha surpresa, Raspútin respondeu com muita calma:

— A tsarina? Ela está doente. Tem muita dor no

peito. Vou colocar minha mão sobre ela e orar. Orar bem. Ela sempre melhora com minhas orações. Ela está doente. É preciso orar por ela e pelas crianças. Mal... mal – murmurou ele.

— O que vai mal?

— Não, nada... é preciso orar. As crianças são boas...

Lembro que no início da revolução li nos jornais que encontraram "a correspondência vil do ancião com as princesas depravadas". Correspondência de um conteúdo tal que era "impossível publicar". Posteriormente, entretanto, publicaram essas cartas. E elas tinham mais ou menos o seguinte conteúdo: "Querido Gricha, ore por mim, para que eu aprenda direito", "Querido Gricha, comportei-me bem a semana toda e obedeci a meu pai e minha mãe...".

— É preciso orar – murmurou Raspútin.

— E o senhor conhece a dama de companhia K.? – perguntei.

— Aquela oriental? Vi uma vez ou outra. E você, venha até mim. Vou mostrar todos e sobre todos contarei.

— E para que ir? Elas só vão se zangar.

— Quem vai se zangar?

— Ora, todas as suas damas. Elas não me conhecem,

para elas sou uma pessoa totalmente estranha. Provavelmente não ficarão satisfeitas.

— Não se atrevem! – Ele bateu com o punho na mesa. — Comigo não tem isso. Comigo todas estão satisfeitas, sobre todas repousa a graça. Ordenarei – lavem meus pés, e elas vão obedecer e depois beber a água! Tudo em mim está de acordo com Deus. Obediência, graça, humildade e amor.

— Bem, vejam – lavar os pés. Não, é melhor eu nem ir.

— Virá. Estou chamando.

— Por acaso todos os que o senhor chamou foram?

— Até agora, todos.

9

À direita de Raspútin, a esposa do advogado definhava, ouvindo insistente e avidamente a nossa conversa.

Às vezes, ao captar meu olhar, ela sorria com bajulação. O marido continuava a cochichar alguma coisa para ela e bebia à minha saúde.

— É melhor o senhor convidar a sua vizinha – eu disse para Raspútin. — Veja como é encantadora.

Ao ouvir minhas palavras, ela ergueu os olhos assustados e gratos para mim. Ela até empalideceu aguardando uma resposta. Raspútin olhou, virou-se rapidamente e disse em voz alta:

— Ah! Cadela estúpida!

Todos fingiam não ouvir.

Voltei-me para Rózanov.

— Pelo amor de Deus – ele disse –, desvie a conversa para os rituais. Tente mais uma vez.

Mas perdi totalmente o interesse pela conversa com Raspútin. Parecia que estava bêbado. O anfitrião se aproximava o tempo todo e servia-lhe vinho, dizendo:

— Este é o seu favorito, Gricha.

Raspútin bebia, balançava a cabeça, contorcia-se e murmurava algo.

— Está muito difícil falar com ele agora – disse eu a Rózanov. — Tente o senhor mesmo desta vez. Na verdade, podemos ter uma conversa entre todos!

— Não dá. O tema é íntimo, secreto. E a senhora já conquistou a confiança dele...

— Por que esse aí sussurra tudo? – interrompeu-nos Raspútin. — Por que sussurra aquele que escreve para o *Novo Tempo*?

Toma essa! Lá se foi o anonimato.

— Por que o senhor acha que ele escreve? Alguém entendeu errado... Ainda vão lhe dizer que também escrevo.

— Disseram que você é da *Palavra Russa* – respondeu com calma. — E para mim é indiferente.

— Quem foi que lhe disse?

— Nem lembro – repetiu enfaticamente minha resposta à sua pergunta sobre quem me contara sobre os rituais.

Lembrava, portanto, que eu não queria responder e agora me retribuía com o seguinte: "Nem lembro!".

Quem nos entregou? Afinal, prometeram uma grande conspiração. Isso foi muito estranho.

Até porque não queríamos conhecer o ancião. Fomos convidados, esse encontro nos foi oferecido, e além disso nos aconselharam a não dizer quem éramos, já que "Gricha não gosta de jornalistas", ele foge das conversas com eles e se esconde deles de todas as formas possíveis.

Agora parece que Raspútin conhece muito bem nosso nome e não apenas não se esconde de nós, como, pelo contrário, quer se aproximar ainda mais.

De quem é esse jogo? Teria M. Tch. organizado tudo isso por algum motivo? Para quê, não se sabe.

Seriam intrigas do próprio ancião? Ou alguém soltou nosso nome por acaso?

O clima estava muito ruim. Era possível supor qualquer coisa.

E o que eu sei sobre todos esses convivas? Quem é da polícia secreta? Quem é candidato aos trabalhos forçados? E quem é um agente secreto alemão? E para quem, de todo esse grupo honesto, fomos atraídos com uma força benfazeja? Será que Raspútin está confuso aqui ou ele mesmo está a confundir? Quem está sendo vendido?

— Ele sabe o nosso nome – sussurrei para Rózanov.

Olhou para mim surpreso e começou a cochichar com Izmáilov.

E, nesse instante, de repente os músicos tocaram seus instrumentos. O pandeiro tilintou, a guitarra soou, o acordeão cantou música russa. E nesse exato momento Raspútin saltou. Saltou tão rápido que derrubou a cadeira. Arrancou como se alguém o tivesse chamado, e, fugindo da mesa (o cômodo era grande), de repente começou a pular, dançar, dobrou o joelho num ângulo para a frente, balançando a barba, e sempre girando, girando... O rosto confuso, tenso, com pressa, pulando fora do compasso, como se não fosse por vontade própria, arrebatado, não podia parar...

Todos pularam, rodearam, olharam. O "queridu", que corria atrás de folhas de papel, empalideceu, os olhos se esbugalharam, então ele sentou e bateu palmas:

— Eia! Eia! Eia! Vai! Vai! Vai!

E ao redor ninguém riu. Todos apenas olhavam assustados ou, no mínimo, muito, muito sérios.

A visão era tão terrível, tão selvagem que dava vontade de berrar e se jogar na roda, e do mesmo modo saltar, girar até não aguentar mais.

E os rostos em volta se tornaram cada vez mais pálidos, cada vez mais concentrados. Crescia um sentimento. Todos esperavam por algo... Já, já... Agora...

— Bem, como pode haver dúvida depois disso? – ouvi a voz de Rózanov atrás de mim. — É um *khlyst*!

E ele saltava como um bode, assustador, a mandíbula inferior caída, as maçãs do rosto retraídas, as mechas de cabelo, balançando, chicoteavam os olhos afundados no côncavo das órbitas. A camisa rosa inflava nas costas como um balão.

— Eia, eia, eia! – batia palmas o "queridu".

De repente, Raspútin parou. Súbito. E a música

interrompeu-se por um instante, como se os músicos soubessem o que tinha de ser feito.

Ele caiu numa poltrona e lançou ao redor não um olhar penetrante, mas confuso.

O "queridu" apressou-se para lhe dar um copo de vinho. Fui para a sala e disse a Izmáilov que queria ir embora.

— Sente-se, descanse um pouco – ele disse.

Estava abafado. Por causa do calor o coração acelerava e as mãos tremiam.

— Não, não está abafado – disse Izmáilov. — São os nervos.

— Por favor, não vá embora! – pediu Rózanov. — Agora será muito mais fácil conseguir um convite dele para os rituais.

Os convidados transferiram-se para a sala e se sentaram perto das paredes, como se esperassem alguma diversão. A bela dama veio também. O marido a apoiava com o braço. Ela andava de cabeça baixa e parecia chorar.

Levantei-me.

— Não vá – disse Rózanov.

Balancei a cabeça e me dirigi à entrada. Da sala de jantar Raspútin veio me interceptar. Aproximou-se e pegou meu cotovelo.

— Espere um minuto que vou lhe dizer uma coisa. Apenas ouça bem. Vê quanta gente tem à nossa volta? Muita? Muita e nenhuma. Veja: você e eu, e mais ninguém. Aqui estamos, você e eu. E vou lhe dizer: venha! Quero muito que venha. Tanto que me atiraria no chão!

Ele sacudiu o ombro convulsivamente e gemeu.

E era tudo tão absurdo, o fato de estarmos parados no meio do salão e ele falar com tanta dor e seriedade...

Tive de quebrar o clima.

Rózanov aproximou-se e, fingindo que apenas passava direto, apurou os ouvidos. Comecei a rir e, apontando para ele, disse a Raspútin:

— Lá vem ele que não me larga.

— Não lhe dê ouvidos, um depravado, venha. E não o traga junto, não precisamos dele. Não despreze Raspútin como a um mujique. Para os que amo construo palácios de pedra. Nunca ouviu falar?

— Nunca ouvi – respondi.

— Está mentindo, espertinha, ouviu, sim. Eu posso fazer isso. Palácios de pedra. Você verá. Apenas venha para mim, pelo amor de Deus, rápido. Vamos rezar juntos. Por que esperar? Verá que todos querem me matar. Assim que saio na rua, olho para todos os lados para ver onde estão suas carrancas. Sim. Querem me matar. E daí? Não entendem, idiotas, quem sou eu. Um bruxo? Talvez, um bruxo. Bruxos são queimados, então deixe que me queimem. Não entendem uma coisa: se me matarem, será o fim da Rússia. Lembre-se, espertinha: se matarem Raspútin, será o fim da Rússia. Vão nos enterrar juntos.

Ele estava no meio do salão, magro, sombrio, como uma árvore murcha, queimada e retorcida.

— Será o fim da Rússia... o fim da Rússia...

Sacudindo a mão estendida como um gancho, semelhante ao moleiro de *Russalka*[12] interpretado por Chaliápin.

Ele estava assustador naquele momento e completamente insano.

— Hein? Hein? Está indo embora. Bem, se quer ir, vá. Mas apenas lembre... lembre...

—

12 Ópera composta pelo russo Aleksandr Dagromíjski (1813-1869), inspirada num poema inacabado de Púchkin e apresentada pela primeira vez em 1856.

A caminho de casa, Rózanov (nós fomos juntos) dizia que ir até Raspútin valia a pena, que provavelmente ele achava suspeita minha recusa ao convite que tantas pessoas perseguiam.

— Vamos todos juntos, vamos juntos.

Eu disse que essa atmosfera rasputiniana era algo infinitamente repugnante e pesado para mim. A bajulação, a histeria e ao mesmo tempo o arranjo de alguns assuntos desconhecidos, sombrios, muito sombrios para nós. Você vai, se suja e não consegue sair. Tudo é muito repugnante e triste, e qualquer interesse pelos diversos "segredos terríveis" desse ambiente é absorvido por esse nojo.

O lastimável e infeliz rosto da esposa do advogado, que era oferecida tão despudoradamente pelo marido a um camponês bêbado, apareceu-me durante o sono como um pesadelo. E ele deve ter tido muitas mulheres assim, sobre as quais gritava batendo o punho na mesa, dizendo que "não se atrevem e estão satisfeitas com tudo".

— Repugnante até demais. Assustadoramente repugnante! Tenho medo! E não foi estranho depois ele ter insistido tanto para que eu fosse?

— Não está acostumado com a rejeição.

— Já eu acho que o caso é muito mais simples. Acho que é por causa do *Palavra Russa*. Apesar de fingir que não dá importância a essa circunstância, o senhor mesmo sabe que ele teme a imprensa e a bajula. Talvez tenha decidido me atrair para me tornar uma nova portadora de mirra[13]. Para que sob o seu comando eu escrevesse o que lhe interessa. Afinal, ele conduz toda a sua política por meio das mulheres. Pense só que trunfo ele teria nas mãos. Na minha opinião, calculou tudo perfeitamente. Ele é astuto.

10

Uns dias depois daquele jantar, uma conhecida me ligou. Repreendeu-me por não ter ido à sua festa na véspera, à qual eu tinha prometido ir.

Tinha me esquecido completamente dessa festa.

— Vírubova estava – disse ela. — Ficou esperando-a. Ela quer muito conhecê-la, e eu lhe prometi isso. Uma lástima, uma terrível lástima que não tenha podido ir.

---

13 Termo da Igreja Ortodoxa referente às mulheres que, ao levar mirra ao túmulo de Jesus Cristo, descobriram-no vazio após a ressurreição.

"Aha!", pensei, "notícias do 'outro mundo'. O que ela quer de mim?"

Que ela era mesmo uma mensageira do "outro mundo", não duvidei por um minuto. Passaram-se ainda dois dias.

Uma velha amiga veio me procurar muito alvoroçada:

— Haverá uma grande festa na casa de S. A própria S. já passou por aqui duas vezes e não a encontrou em casa. Hoje ela esteve na minha casa e me fez prometer que a levaria comigo.

Fiquei um tanto surpresa com tamanha insistência da parte de S. Eu não a conhecia muito bem. Será que estava planejando me fazer ler ou declamar? Isso era exatamente o que eu não suportava. Expressei meus receios.

— Não, não – minha amiga me tranquilizou. — Garanto a você que ela não tem nenhum plano secreto. Simplesmente S. gosta muito de você e quer vê-la. Aliás, a festa será muito interessante. Haverá poucas pessoas, apenas os mais próximos, pois agora, em tempos de guerra, S. não pode dar grandes bailes. Isso não seria apropriado. Não haverá pessoas demais. Eles sabem organizar coisas interessantes.

II

Chegamos depois das onze.

Havia muitas pessoas. Entre fraques e vestidos de gala havia inúmeras figuras em idênticos dominós negros e máscaras azuis. Era evidente que pertenciam todos ao mesmo grupo. Além deles, não havia outros mascarados.

— Bem, aqui está ela. Estão vendo? Trouxe-a comigo – disse minha amiga, levando-me pela mão até a anfitriã.

No salão principal uma cigana cantava. Pequena, frágil, num vestido preto fechado de seda brilhante. Ela lançava para trás o rosto moreno cor de açafrão.

Ao final ela disse:

"Não me esqueça em terras estrangeiras..."

— Vamos esperar um minuto – sussurrou a anfitriã para mim –, ela já vai terminar.

E continuou do meu lado, procurando alguém com os olhos.

— Agora podemos ir.

Ela me pegou pela mão e me conduziu pelo salão, sempre a procurar alguém.

Atravessamos o cômodo e entramos numa pequena sala a meia-luz. A sala estava vazia. A anfitriã sentou-me num sofá.

— Já volto. Não saia, por gentileza.

De fato, ela voltou logo, mas não estava só. Com ela veio um dominó preto.

— Esta máscara misteriosa vai entretê-la por enquanto – disse S. rindo. — Esperem-me aqui.

O dominó preto sentou-se perto de mim e me olhou em silêncio através das estreitas fendas da máscara.

— A senhora não me conhece – murmurou por fim. — Mas preciso realmente falar com a senhora.

A voz era desconhecida. Mas a entonação familiar. Com o mesmo tom hesitante e histérico da dama de companhia E. falara comigo. Falara sobre Raspútin.

Olhei para a minha interlocutora. Não, não era E. E. era pequena. Esta, muito alta. Pronunciava um pouco mal o som de "r", como todas as nossas damas da alta sociedade, que desde a infância começam a falar inglês antes do russo.

— Eu sei de tudo – a desconhecida prosseguiu nervosa. — Na quinta-feira a senhora deve ir a uma certa casa.

— Não – espantei-me. — Não devo ir a lugar algum.

Ela ficou terrivelmente exaltada:

— Mas por quê, por que a senhora não diz a verdade? Afinal, já sei de tudo.

— Aonde, então, de acordo com a senhora, devo ir? – perguntei.

— Lá. À casa dele.

— Não estou entendendo nada.

— Está querendo me testar? Muito bem, direi abertamente. A senhora irá na quinta-feira à casa... à casa de Raspútin.

— Por que acha isso? Não recebi nenhum convite para ir à casa dele na quinta-feira.

A mulher ficou calada.

— Talvez a senhora não tenha recebido o convite... Mas mesmo assim a senhora deve recebê-lo. Já foi decidido.

— E por que é que a senhora está tão preocupada com esse assunto? – perguntei. — Poderia me dizer o seu nome?

— Não foi para isso que vesti essa máscara idiota, para lhe dizer o meu nome. E, no que lhe diz respeito, isso não importa. Não é essa a questão. A questão é que a senhora irá na quinta-feira lá.

— Não, não vou para a casa do Raspútin – disse calmamente. — Posso lhe garantir que não vou.

— Ah!

Ela pulou e agarrou meu braço com suas mãos presas em apertadas luvas negras.

— Não, a senhora não está falando sério. A senhora vai! Por que não irá?

— Porque não me interessa.

— E não vai mudar de ideia?

— Não.

Seus ombros começaram a tremer. Achei que estivesse chorando.

— Pensei que a senhora fosse mais sincera – sussurrou.

Fiquei absolutamente confusa.

— Mas o que é que a senhora quer de mim? Está aborrecida pelo fato de eu não ir? Não estou entendendo nada. – Ela apertou minha mão novamente.

— Eu imploro por tudo que há de mais sagrado: recuse o convite. Ele precisa cancelar esse evento. Ele não deve vir de Tsárskoe na quinta-feira. Isso deve ser impedido, porque será terrível.

Ela murmurou alguma coisa, os ombros tremiam.

— Não compreendo o que tenho a ver com isso – eu disse. — Mas, se isso pode acalmá-la, então confie em mim: dou-lhe minha palavra de honra que não irei. Dentro de três dias partirei para Moscou.

Seus ombros estremeceram de novo, e de novo me pareceu que ela estava chorando.

— Obrigada, querida, querida...

E rapidamente se curvou para beijar minha mão.

Saltou e foi embora.

"Não, essa não é Vírubova", pensei, lembrando como ela ficou me esperando na festa na casa de amigos. "Não, não é ela. Vírubova é bastante roliça e, sobretudo, manca. Não é ela."

Encontrei a anfitriã.

— Quem é aquela mulher de máscara que a senhora trouxe até mim?

A anfitriã não me pareceu muito contente com a pergunta.

— E como eu vou saber se ela está de máscara?

Durante o jantar as figuras negras desapareceram. Ou, talvez, apenas tenham tirado suas fantasias.

Passei muito tempo analisando os rostos desconhecidos, procurando os lábios que tinham beijado a minha mão...

Na ponta da mesa estavam os músicos: violão, acordeão e pandeiro. Os mesmos. Os músicos de Raspútin. Uma corrente... um fio.

12

No dia seguinte, Izmáilov veio até mim, terrivelmente chateado.

— Aconteceu uma coisa horrível. Leia. Saiu no jornal.

O jornal informava que Raspútin começou a frequentar muito um círculo de literatos onde, por uma garrafa de vinho, conta diversas anedotas divertidas sobre pessoas extremamente importantes.

— E isso não é tudo – acrescentou Izmáilov. — Hoje estive com F. e ele disse que foi convocado de surpresa para ir à delegacia e que interrogaram quem exatamente dos literatos jantou com ele e o que exatamente Raspútin contou. Ameaçaram com o exílio de Petersburgo. Mas o que é mais irritante e surpreendente de tudo é que na mesa do policial que o interrogou F. viu nitidamente a mesma folha de papel em que M. Tch. escreveu com as próprias mãos.

— Será que M. Tch. trabalha para a polícia secreta?

— Não se sabe se ele ou algum outro convidado de F. De todo modo, é preciso tomar muito cuidado.

Se não formos interrogados, com certeza seremos vigiados. Por isso, se Raspútin escrever ou telefonar, não deve responder. Aliás, ele não sabe o seu endereço e duvido que tenha guardado bem o sobrenome.

— Lá se vão os segredos místicos do ancião! Estou com pena de Rózanov! Um fim tão prosaico...

13

— Já telefonaram duas vezes perguntando pela senhora de brincadeira – disse rindo a criada.

— Como assim, de brincadeira?

— Sim, eu pergunto: quem é? E ele diz: "Raspútin". Quer dizer que é brincadeira de alguém.

— Ouça, Ksiúcha, se ele fizer piadas de novo, responda na hora que ficarei muito tempo fora. Entendeu?

14

Logo deixei Petersburgo. Nunca mais vi Raspútin.

Depois, quando li nos jornais que seu cadáver tinha sido queimado, lembrei-me dele, daquele bruxo negro, torto, assustador:

"Vão queimar? Que queimem. Eles não sabem: se matarem Raspútin, será o fim da Rússia.

"Lembre-se!... lembre-se!..."

Lembrei.

Como eu vivo e trabalho

Muitos ficam surpresos como eu vivo num lugar tão agitado, bem defronte à estação Montparnasse. Mas gosto assim. Adoro Paris. Gosto de ouvir como, ali ao lado, o tempo todo batucam, buzinam, ressoam, respiram. Às vezes, ao amanhecer, um caminhão estrondoso passa tão perto da minha janela que parece estar dentro do quarto, e durante o sono recolho o pé involuntariamente para que não passe por cima dele. E de manhã o que me desperta é a própria Paris, amada, bela e elegante. Muito melhor do que uma *concierge* bigoduda com olhos de barata.

Muitos perguntam "será possível viver com total conforto num hotelzinho?", e eu respondo humilde:

— Não totalmente.

Estão vendo esta mesinha? Sim, é muito pequena, mas serve para tudo. Escrivaninha, mesa de jantar, penteadeira e secretária. Sobre ela há um tinteiro, papel, pó de arroz, envelopes, uma caixa organizadora, uma xícara de leite, flores, uma Bíblia, balas, manuscritos, perfumes, e tudo isso em pouco mais de 1 *archin*[1]. Tudo jaz feito camadas geológicas. A mesa de Augias. Lembram-se? Hércules limpou os estábulos de Augias.[2] Pois bem, acho que se os estábulos de Augias se encontravam naquele estado, como seria sua escrivaninha? Provavelmente parecida com a minha. Como escrevo, então? Coloco a xícara de leite, a Bíblia e os perfumes sobre a cama, a caixa tomba sozinha para baixo da mesa. Todas as coisas essenciais devem estar à mão, e não há outros móveis. Talvez apenas as flores pudessem ser guardadas no armário.

---

1 Unidade de medida russa usada até 1918 equivalente a cerca de 70 centímetros.

2 Na mitologia grega, um dos trabalhos de Hércules foi limpar, em apenas um dia, os estábulos de Augias, que nunca haviam sido limpos.

A Bíblia ocupa um quarto da mesa, mas ela é necessária, pois o professor Vicheslávtsev[3], a cujas magníficas aulas assisto às segundas-feiras (e recomendo que todos façam o mesmo), frequentemente se refere ao apóstolo Paulo.

Isso significa que tenho de consultar a Bíblia.

Às vezes acontecem deslizamentos na minha mesa. Tudo escorrega para o lado e fica pendurado. E então basta o menor abalo no ar (montanhistas me entenderão) – a janela que se abre ou simplesmente o carteiro que bate à porta –, e uma avalanche inteira com rugido e estrondo precipita-se ao chão. Nesse momento, às vezes se redescobrem coisas há muito tempo perdidas e substituídas: luvas, um romance de Proust, um ingresso de teatro (para um espetáculo do verão passado), uma carta nunca enviada (e eu achando que tinha enviado, esperando a resposta!), a flor de um vestido de baile... Isso por vezes provoca em mim uma espécie de interesse científico – como o osso de um mamute para um pesquisador. Fico

3 Borís Petróvitch Vicheslávtsev (1877-1954), filósofo e teólogo russo. Emigrou para Berlim em 1922 e, em 1924, para Paris, onde lecionou no Instituto de Teologia Ortodoxa Saint-Serge.

pensando: a que época remontam essas luvas ou essa página de manuscrito?

O pior de tudo é o buquê de flores. No momento do deslizamento, elas derramam água em cima de tudo... Sempre que alguém me dá flores fica surpreso com meu olhar que de repente se torna ansioso...

Quanto aos animais domésticos, tenho apenas uma cobra de miçangas e um monstro de patas, um cone de cedro envernizado – ele me traz sorte.

Havia também uma cortina (vou relacioná-la ao monstro e à cobra não como animal, mas apenas no que diz respeito ao conforto). Mas a cortina era grande demais para o meu quarto – ia virar tudo de cabeça para baixo se fosse pendurada.

Não pretendo escrever nada grande. E parece que está claro o porquê.

Vamos esperar por uma mesa grande. E se esperarmos em vão – *tant pis*[4].

---

4 "Não faz mal." Em francês no original.

Cidadezinha

Era uma pequena cidade – nela havia uns 40 mil habitantes, uma igreja e uma quantidade exorbitante de hospedarias.

Um riacho corria pela cidadezinha. Antigamente o rio chamava-se Sequana[1], depois Sena, e, quando fundaram a pequena cidade às suas margens, os habitantes começaram a chamá-lo "Niévka particular". Mas ainda assim se lembravam do antigo nome, como aponta o ditado: "Vivemos como cachorros no Sena[2] – ou seja, mal".

---

1 Nome galo-romano do rio Sena.

2 Aqui se usa a mesma expressão do conto *Que faire?*, mas o enfoque está na vida difícil dos emigrados ("vida de cão"), e não na fábula de Esopo.

A população vivia entediada: ora no arrabalde durante a Páscoa, ora na Rive Gauche. Faziam artesanato. A maioria dos jovens era carreteira – trabalhava como motorista. As pessoas de mais idade tinham tabernas ou nelas trabalhavam: morenos como ciganos e caucasianos, loiros como pequenos russos[3].

As mulheres costuravam vestidos umas paras as outras e faziam chapéus. Os homens, uns com os outros, faziam dívidas.

Além de homens e mulheres, a população da cidade consistia em ministros e generais. Dentre eles, apenas uma pequena parte se dedicava ao transporte – a grande maioria se ocupava de dívidas e memórias.

As memórias eram escritas para a glória do próprio nome e para a desonra dos correligionários. A diferença entre as memórias é que alguns as escreveram à mão, outros à máquina.

3 Antiga designação das populações oriundas da região da Pequena Rússia, atual território da Ucrânia, à época do Império Russo. A partir do século XX, a expressão adquiriu caráter eminentemente pejorativo e foi substituída pelo termo "ucranianos".

A vida corria muito monótona.

Às vezes aparecia na cidade algum teatrinho. Exibiam pratos animados e relógios dançantes. Os cidadãos exigiam ingressos gratuitos, mas agiam com grosseria nos espetáculos. A direção distribuía ingressos gratuitos e definhava em silêncio sob as injúrias triunfantes do público.

Na cidadezinha havia um jornal, que todos também desejavam receber de graça, mas o jornal resistiu, não se rendeu e sobreviveu.

A vida social interessava pouco. As pessoas reuniam-se mais sob o emblema do *borscht* russo, mas em pequenos grupos, pois odiavam-se tanto que era impossível reunir vinte pessoas dentre as quais dez não fossem inimigas das outras dez. E, se já não o fossem, tornavam-se imediatamente.

A localização da cidade era muito estranha. Não era cercada por campos nem vales – era cercada pelas ruas da capital mais reluzente do mundo, com maravilhosos museus, galerias, teatros. Mas os habitantes da cidadezinha não se juntavam nem se misturavam com os habitantes da capital, e não usufruíam da cultura estrangeira. Abriam até suas próprias lojinhas. E raramente alguém dava uma olhada nos museus e galerias. Não havia tempo, além disso, "na nossa pobreza havia tanta ternura"[4].

No início, os habitantes da capital olhavam-nos com interesse, estudavam seus costumes, arte, cotidiano, como algum dia a cultura mundial já tinha se interessado pelos astecas.

Uma tribo ameaçada de extinção... Descendentes de povos grandes e gloriosos, pelos quais... os quais... dos quais a humanidade se orgulha!

Depois o interesse arrefeceu...

Deles até que saíram bons motoristas e bordadeiras para as nossas oficinas. A dança deles é divertida, e sua música, curiosa...

Os habitantes da cidadezinha falavam num jargão estranho, no qual, porém, os filólogos coletaram com facilidade raízes eslavas.

Os habitantes da cidadezinha gostavam quando alguém da tribo se revelava um ladrão, um vigarista ou traidor. Também gostavam de *tvorog* e de longas conversas ao telefone.

Eles nunca riam e eram muito ferozes.

---

4 Citação da peça *A pobreza não é um vício* (1854), de Aleksandr Ostróvski.

Marquita

Havia um cheiro sufocante de chocolate, vestidos de seda quente e tabaco.

As senhoras coradas empoavam o nariz, olhavam o público lânguida e orgulhosamente – como se dissessem "sei a diferença entre mim e vocês, mas serei condescendente".

E de repente, esquecendo a orgulhosa languidez, inclinavam-se sobre o prato e mastigavam o bolo com pressa, sinceridade e avidez.

As serviçais, todas filhas de governadores (quando iríamos imaginar que nossos governadores tinham tantas filhas?), encolhiam a barriga se espremendo entre as mesas, e repetiam distraídas:

— Um chocolate quente, um bolo e um leite...

O café era russo, por isso havia música e "espetáculos".

Primeiro apresentou-se um enorme bonachão de olhos azuis, do grupo de seminaristas expulsos. Exibindo o pomo de adão, fez uma dança apache. Ele sacudia ferozmente sua parceira magrela de pernas arqueadas, mas o rosto dele era bondoso e envergonhado.

— O que posso fazer? Todo mundo precisa comer – seu rosto dizia.

Depois foi a vez da "cantora cigana Raíssa Tsvetkova" – Raitchka Blum. Ela dobrou o lábio superior como um cavalo que boceja e deixou sair pelas narinas:

Até logu, até looogu, quiridã amiiigã!
Até logu, até looogu – famíliã ceganã!...

Fazer o quê? Raitchka achava que os ciganos cantavam assim mesmo.

O número seguinte foi o de Sáchenka.

Entrou, como sempre, assustada. Fez o sinal da cruz discretamente e, olhando em volta, ameaçou com o dedo seu cabeçudo Kótka para que ficasse sentado quietinho.

Kótka era muito pequeno. Seu nariz redondo projetava-se sobre a mesa e fungava um pratinho de bolo. Kótka estava sentado quietinho.

Sáchenka pôs as mãos na cintura, levantou com orgulho o nariz redondo como o de Kótka, ergueu as sobrancelhas à espanhola e cantou *Marquita*.

Sua voz era clara, e ela pronunciava as palavras de forma simples e convicta.

O público gostou.

Sáchenka corou e, voltando ao seu lugar, beijou Kótka com lábios ainda trêmulos.

— Muito bem, você ficou quietinho, agora pode comer o doce.

Sentada à mesma mesa, Raitchka sussurrou:

— Tire-o daqui. O patrão está olhando para nós. Perto da porta. Tem um tártaro com ele. De nariz preto. Rico. Então sorria quando olharem para você. Olham para ela, e ela nem sabe sorrir!

Quando saíram do café, a caixa lançou um olhar significativo para Sáchenka, deu a Kótka uma caixa de guloseimas.

— Tenho ordens para entregar isto ao jovem cavalheiro.

A vendedora também era filha de governador.

— De quem?

— Isso já não é da minha conta.

Raitchka pegou Sáchenka pelo braço e cochichou:

— É claro que tudo isso tem a ver com você. E ainda vou lhe dar um conselho: não arraste a criança com você. Eu lhe garanto que isso desanima muito os homens. Acredite em mim, eu sei tudo. Aqui uma criança, ali umas guloseimas, acolá uma mãe – e acabou! A mulher deve ser uma flor misteriosa (por Deus!), e não mostrar sua vida doméstica. Vida doméstica todo homem tem a sua, e por isso fogem dela. Ou você quer cantar romanças neste salão de chá até a velhice? Porque, se você não ficar acabada, é este salão que se acaba sozinho.

Sáchenka ouvia com temor e respeito.

— Mas o que vou fazer com o Kótka?

— Pois deixe-o com a tia.

— Que tia? Não tenho tia.

—

— É impressionante como as famílias russas sempre dão um jeito de não ter nenhuma tia.

Sáchenka sentiu-se muito culpada.

— E além disso você precisa ser um pouco mais alegre. Na semana passada, Chnutrel veio duas vezes por sua causa, sim, sim, e aplaudiu, e veio se sentar à sua mesa. E você, provavelmente, começou a contar que seu marido a deixou.

— Nada disso – interrompeu Sáchenka, mas corando profunda e culpadamente.

— E até parece que ele precisa saber do marido! A mulher deve ser como Carmen. Violenta, ardente. Lá em Nikoláiev temos...

Nesse instante Raitchka começou a contar as maravilhas de sempre sobre Nikoláiev, a cidade mais luxuriante, a Babilônia das paixões, onde Raitchka, assim que terminou o ginásio, conseguiu combinar em si Carmen, Cleópatra, Nossa Senhora e mestre chapeleira.

No dia seguinte o tártaro de nariz preto disse ao dono da casa de chá:

— Me apresenta esse menina, Grigóri. Êla roubou meu coração. Êla beijou o filhinho, êla tem alma. Sou um homem selvagem, e, para mim, agora êla como parente, uma das minhas. Apresenta.

Os olhos pequenos e brilhantes do tártaro começaram a piscar, e o nariz inflou de emoção.

— Está bem! Por que é que está tão perturbado?

Vou apresentar. Ela parece ser mesmo uma boa pessoa, mas vai saber...

O dono levou o tártaro até Sáchenka.

— Este é o meu amigo Assáiev, ele quer conhecê-la, Aleksandra Petróvna.

Assáiev cambaleou, sorriu confuso. Sáchenka ficou vermelha e assustada.

— Podemos jantar – disse Assáiev de supetão.

— Aqui... aqui não servimos jantar. Temos apenas chá, *faiv o clok*[1] até seis e meia.

— Não... quero dizer você jantar comigo. Quer?

Sáchenka estava completamente assustada...

— *Merci*... outra hora... estou com pressa... meu filhinho está em casa.

— Filhinho? Então volto amanhã.

Ele curvou-se desajeitado umas duas ou três vezes, como se fizesse uma reverência, e se foi.

Raitchka agarrou Sáchenka pelo braço.

— Que afronta! Isso já é estupidez! O homem mais rico se apaixona pela mulher e ela esfrega o filho na cara dele. Ouça, amanhã vou lhe dar meu chapéu

---

1 No original, ela escreve a pronúncia da expressão inglesa em cirílico – e errado.

preto e você vai comprar sapatos novos. Isso é muito importante.

— Não quero viver à custa de ninguém – disse Sáchenka, e soluçou.

— À custa? – espantou-se Raitchka. — Quem é que está te obrigando? E qual é o problema de ter um homem rico te desejando? Vai ser um problema se ele te trouxer flores? Claro que se você ficar o tempo todo suspirando e bancando a babá ele não vai ficar por muito tempo. Ele é um homem oriental e gosta de mulheres fogosas. Pois acredite em mim, eu sei tudo.

— Parece que ele é muito... gentil! – disse Sáchenka sorrindo.

— E se conseguir fisgá-lo ele vai casar. Venha buscar o chapéu à noite. Perfume você tem?

Sáchenka dormiu mal. Lembrou-se do tártaro, comoveu-se com a feiura dele.

"Pobrezinho. Seria preciso amá-lo com ternura, mas não devo. É preciso ser orgulhosa e ardente, uma perfeita Carmen. Amanhã vou comprar sapatos de verniz. O nariz dele é todo esburacado e ele funga. É uma pena. Sim, ele é sozinho, não tem ninguém." Lembrou-se do marido, que era bonito, mas um traste.

"Não teve dó do Kótka. Ficava dançando nos bailes. Foi visto no próprio carro com uma inglesa amarelada."

Choramingou.

De manhã comprou os sapatos. Os sapatos imediatamente puseram as coisas no ritmo de Carmen.

— Tra-lá-lá-lá!

E ainda deu sorte: apareceu um abscesso na vizinha, ou seja, ela teria de ficar em casa por três ou quatro dias. Prometeu tomar conta de Kótka.

Com o chapéu de Raitchka e uma rosa no cinto, Sáchenka sentiu-se uma mulher totalmente demoníaca.

— Você acha que sou tão simplória assim? – disse ela para Raitchka. — Aha! Você ainda não me conhece. Vou enrolar cada um deles. E você não acha que vou dar importância para aquele armênio, acha? Se eu quiser, arranjo uns cem iguais a ele.

Raitchka observava incrédula e a aconselhou a passar um batom mais cintilante.

O tártaro chegou tarde e logo foi até Sáchenka.

— Vamos. Jantar.

E enquanto ela se preparava, ele ficou rondando por perto, roçando-o com o nariz.

Seu carro particular esperava-o na rua. Sáchenka não poderia imaginar. Ficou um pouco perdida, mas os sapatos de verniz entraram por conta própria, saltaram – como se estivessem acostumados... Provavelmente foram feitos para isso.

No carro, o tártaro pegou a mão dela e disse:

— Pra mim, você da família, das minhas. Vou te falar uma coisa. Espera um pouco.

Chegaram a um sofisticado restaurante russo. O tártaro pediu distraído uns espetinhos. Continuou a olhar sorrindo para Sáchenka.

Sáchenka tomou um cálice de porto de um gole só, achava que seria bom para seu demonismo. O tártaro começou a balançar, e a luminária tombou para o lado.

Pelo visto não deveria ter bebido tanto.

— Sou selvagem – disse o tártaro, e olhou-a nos olhos. — Tão selvagem que me aborreço. Completamente só. Você só?

Sáchenka quis falar sobre o marido, mas se lembrou de Raitchka.

— Só! – repetiu ela mecanicamente.

— Um mais um dá dois! – riu ele pegando sua mão.

Sáchenka não entendeu o que significava "dá dois", mas não demonstrou, e, jogando a cabeça para trás, começou a rir provocante. O tártaro espantou-se e soltou a mão.

"Preciso ser Carmen", lembrou-se Sáchenka.

— O senhor é capaz de fazer uma loucura? – perguntou ela, apertando os olhos languidamente.

— Não sei, nunca precisei. Eu vivia no interior.

Sem saber mais o que dizer, Sáchenka despregou a rosa e, girando-a perto da bochecha, começou a cantar: "Marquita! Marquita! Minha linda!...". O tártaro assistia com tristeza.

— Está tão aborrecida que precisa cantar? Difícil pra você?

— Ha-ha! Eu adoro música, dança, vinho, orgia. Aha! O senhor ainda não me conhece!

Lâmpadas cor-de-rosa, sofás macios, flores sobre a mesa, o sopro lânguido de uma banda de jazz, vinho num balde de prata. Sáchenka sentia-se uma bela espanhola. Parecia-lhe que tinha enormes olhos negros e sobrancelhas poderosas.

A linda Marquita...

— Você tem boa menino – disse o tártaro baixinho. Sáchenka moveu as "poderosas" sobrancelhas.

— Ah, para com isso! Vamos mesmo falar de crianças, fraldas e mingau de semolina agora? Ao som divino deste tango, quando o vinho cintila nas taças, temos que falar de beleza, do brilho da vida, não de coisas prosaicas... Eu amo a beleza, a loucura, a faísca, sou Carmen por natureza. Sou Marquita... Meu passado se tornou tão estranho para mim que essa criança... eu nem posso considerá-la minha.

Ela jogou a cabeça para trás feito uma bacante e pressionou a taça contra os lábios. E de repente sua alma começou a chorar baixinho!

"Reneguei! Reneguei o Kótka! Meu pequenino, meu pombinho, pobrezinho..."

O tártaro sugou em silêncio duas taças uma atrás da outra e ficou cabisbaixo.

Sáchenka estava um tanto perturbada e também se calou.

O tártaro pediu a conta e se levantou.

Percorreram o caminho até o automóvel calados. Sáchenka não sabia como restabelecer uma conversa animada. O tártaro sentou-se ainda de cabeça baixa, como se cochilasse.

"Ele bebeu demais", ela decidiu. "E se agitou demais. Há algo de gentil nele. Acho que vou me apaixonar perdidamente por ele."

Ao se despedirem, ela apertou a mão dele significativamente.

— Até amanhã... sim?

Queria acrescentar algo de carmenesco, mas não conseguiu pensar em nada.

Em casa encontrou a vizinha com o abscesso.

— Seu filho está choramingando irritado. Não teve jeito. Nunca mais fico com ele.

No quarto a meia-luz, debaixo de uma lâmpada embrulhada em papel-jornal, sobre um enorme sofá-cama, estava o minúsculo Kótka tremendo.

Ao ver a mãe, ele sacudiu-se ainda mais e berrou:

— Aonde você foi, sua boba!

Sáchenka agarrou o menino furioso que berrava e deu-lhe um tapa, mas, antes que ele tivesse tempo de esbravejar, ela começou a chorar e o abraçou com força.

— Não foi nada... paciência, meu querido. Tenha só mais um pouquinho de paciência. Também vão se apaixonar por nós, vão cuidar de nós. Agora falta pouco...

Na manhã seguinte, o patrão de Sáchenka encontrou Assáiev na rua.

O tártaro andava tristonho, as bochechas azuis não barbeadas, um dos olhos inchado.

— Por que está tão azedo? Vai passar por lá hoje?

O tártaro estupidamente olhou de soslaio.

— Não. Acabou.

— Do que está falando? Por acaso Sáchenka te deu um fora?

O tártaro encolheu os ombros.

— Êla... você não sabe... Êla demônio. Deu errado. Não vou, não. Acabou!

Florzinha branca

Nossos amigos Z. moram fora da cidade.

— Lá o ar é melhor.

Isso significa que não têm dinheiro o bastante para o ar ruim.

Fomos visitá-los num pequeno grupo.

Partimos sem incidentes. Se não considerarmos, é claro, os pequenos detalhes: não pegamos cigarros suficientes, um perdeu as luvas, outro, a chave de casa. Além disso, compramos uma passagem de trem a menos. Bem, fazer o quê? Calculamos mal. Ainda que fôssemos apenas quatro. Foi um tanto desagradável ter calculado mal, pois em Hamburgo havia um cavalo que sabia contar muito bem até seis...[1]

Descemos também sem incidentes na estação adequada. Embora tenhamos descido antes ao longo do caminho (para falar a verdade, em todas as estações), mas, ao perceber o erro, voltávamos imediatamente para o vagão de modo muito sensato.

Quando chegamos ao destino, vivenciamos alguns momentos desagradáveis: de repente se descobriu que ninguém sabia o endereço de Z. Cada um estava contando com o outro.

Uma voz suave e terna veio em nosso auxílio:

— Aqui estão vocês!

Era a filha de Z., uma menina de 11 anos, de olhos claros e branquinha, com tranças russas loiras, tranças que eu mesma usava aos 11 anos (que tanto me fizeram chorar, que foram puxadas tantas vezes!...). A menina tinha vindo nos encontrar.

— Eu não achei que a senhora viria! – ela me disse.

— Mas por quê?

---

1 Referência ao cavalo Hans Esperto (*Kluge Hans*), que no início do século XX foi treinado por Wilhelm von Osten para supostamente fazer operações matemáticas.

— Bem, a mamãe vivia dizendo que ou a senhora perderia o trem, ou pegaria a direção errada.

Fiquei um pouco ofendida. Sou uma pessoa muito pontual. Não faz muito tempo, quando M. me convidou para um baile, não apenas não me atrasei como até cheguei uma semana adiantada...

— Ah, Natacha, Natacha! A senhorita ainda não me conhece!

Os olhos claros me fitaram atentos e baixaram.

Felizes por saber que agora chegaríamos ao lugar certo, decidimos primeiro descansar em algum café, depois procurar cigarros, depois tentar telefonar para Paris, depois...

Mas a menina branquinha disse séria:

— Impossível. Temos que ir para casa agora, estão nos esperando.

E nós, constrangidos e obedientes, seguimos a menina em fila.

Na casa encontramos a anfitriã no fogão.

Ela olhava surpresa para uma panela.

— Natacha, rápido, o que acha que consegui: rosbife ou carne-seca?

A menina olhou.

— Não, meu anjo, desta vez deu ensopado de carne.

Z. ficou extremamente feliz.

— Maravilha! Quem poderia imaginar!

O almoço foi barulhento.

Todos se gostavam, todos se sentiam bem, e por isso todos queriam falar. Todos falavam ao mesmo tempo; alguém falou sobre o jornal *Notas Contemporâneas*[2], alguém, sobre o fato de que não se deve rezar por Lênin. É pecado. A Igreja não reza por Judas. Alguém falou sobre as parisienses e vestidos, sobre Dostoiévski, sobre a letra "iat", sobre a situação dos escritores no exterior, sobre os *dukhobóres*[3], alguém queria contar como se preparam ovos mexidos na Tchéquia, mas não conseguiu, pois, embora falasse sem parar, todos interrompiam.

E no meio desse caos, a menina branquinha, agora de avental, deu a volta na mesa, pegou um garfo que caíra no chão e afastou um copo da beira da mesa; cuidava, preocupava-se, cintilava as tranças loiras.

Uma vez aproximou-se de nós e mostrou um pequeno bilhete.

---

2 Jornal literário russo publicado em Paris entre 1920 e 1940.

3 Membros de uma seita pacifista cristã russa perseguida pelo regime tsarista e pela Igreja Ortodoxa Russa.

— Olha, quero ensinar uma coisa a vocês. São vocês que cuidam da casa? Então, quando comprarem vinho, peçam um bilhete destes. Juntando cem, vocês ganham seis toalhas.

Falava, explicava, queria muito nos ajudar a viver neste mundo.

— Como aqui é maravilhoso! – alegrou-se a anfitriã. — Depois daqueles bolcheviques. Imaginem só: uma torneira, e na torneira, água! Um fogão, e no fogão, lenha!

— Meu anjo! – sussurrou a menina. — Você tem que comer, ou vai acabar esfriando.

Conversamos até o anoitecer. A menina branquinha ficou um bom tempo repetindo alguma coisa a cada um de nós, e finalmente alguém prestou atenção.

— Vocês têm que pegar o trem das sete, então está na hora de ir para a estação.

Recolhemos as coisas e saímos correndo.

Na estação, a última conversa apressada.

— Amanhã vamos comprar um vestido para Z., muito modesto, mas vistoso; preto, mas não muito; justo, mas que pareça largo, e o mais importante: que ela não enjoe dele.

— Vamos levar Natacha, ela vai nos aconselhar.

E novamente se falou sobre o *Notas Contemporâneas*, sobre Górki, literatura francesa, Roma...

E a menina branquinha dá voltas, diz algo, convence-nos. Alguém, por fim, escutou:

— Vocês precisam ir para o outro lado pela passarela. De outro modo o trem vai chegar, vocês vão ter que se apressar, sair correndo e chegarão atrasados.

No dia seguinte, na loja, dois espelhos triplos refletiam a esbelta silhueta de Z. Uma vendedora baixinha com a cabeça ensebada e pernas curtas empurrava-lhe um vestido atrás do outro. Numa cadeira, com as mãos solenemente pousadas, estava sentada a menina branca dando opinião.

— Ah! – agita-se Z. entre os espelhos. — Este é um encanto! Natacha, por que não está me dando sua opinião? Veja que beleza o bordado cinza na barriga. Diga logo o que você acha.

— Não, meu anjo, esse vestido não é para você. Como vai andar com a barriga cinza todos os dias? Se você tivesse muitos vestidos, seria outra coisa. Mas, neste caso, não é prático.

— Ora, que exagero! – defendeu-se Z. Mas não ousou desobedecer.

Fomos em direção à saída.

— Ah – gritou Z. — Ah, que colares! É meu sonho! Natacha, me tira logo daqui para que eu não me deixe levar.

A menina branca pega preocupada a mão da mãe.

— Então, vire-se e olhe para o outro lado, meu anjo, para lá onde estão as agulhas e linhas.

— Sabe – Z. murmurou para mim, apontando a filha com os olhos –, ontem ela ouviu nossa conversa sobre Lênin e me disse à noite: "Eu rezo por ele todos os dias. Dizem que ele tem muito sangue nas mãos, sua alma está pesada agora. Não consigo", ela disse, "eu rezo".

O pseudônimo

Com frequência me perguntam sobre a origem do meu pseudônimo.

De fato, por que Téffi? Em homenagem a um apelido de cachorro? Não à toa muitos dos leitores do *Palavra Russa* deram esse nome a seus fox terriers e galguinhos italianos.

Por que uma mulher russa assina seu trabalho artístico com uma palavra que parece inglesa?

E, já que eu quis um pseudônimo, bem que poderia ter escolhido algo mais sonoro ou, ao menos, com um toque ideológico, como Maksim Górki, Demian

Bedni, Skitalets.[1] Esses são nomes que sugerem sofrimento poético e atraem o leitor para si.

Além disso, mulheres escritoras geralmente escolhem para si pseudônimos masculinos. É uma decisão inteligente e cautelosa. Às damas, é comum serem recebidas com risinhos levianos e até com desconfiança.

— E de onde ela tirou uma coisa dessas?

— Na verdade, deve ser o marido quem escreve.

Existiram ainda a escritora Markó Vovtchók, a talentosa romancista e figura pública que assinava "Verguéjski", a também talentosa poetisa que assinava seus textos críticos como "Anton Kraini".[2] Tudo isso,

---

1 Maksim Górki é o pseudônimo do escritor Aleksei Maksímovitch Pechkóv (1868-1936); *górki*, em russo, significa "amargo". Demian Bedni é o pseudônimo do escritor e jornalista Efim Alekséievitch Pridvórov (1883-1945); *bedni*, em russo, significa "pobre". Já Skitalets refere-se a Stiepan Gavrílovitch Skitalets (1869-1941), cujo verdadeiro sobrenome é Petróv; *skitalets*, em russo, significa "andarilho". Os três eram escritores ligados ao regime soviético.

2 Markó Vovtchók era o pseudônimo da escritora Maria Aleksándrovna Vilínskaia (1833-1907); Verguéjski, o de Ariadna Vladímirovna Tirkova (1869-1962); e Anton Kraini ("extremo", em russo), o de Zinaída Nikoláievna Gippius (1869-1945).

vou repetir, tem sua *raison d'être*. Há lógica e beleza. Mas e "Téffi"? Que tolice é essa?

Pois bem, quero explicar honestamente como tudo sucedeu.

A origem desse nome selvagem remete aos primeiros passos de minha carreira literária. Na época, eu só havia publicado dois ou três poemas assinados com meu próprio nome e escrito uma peça de um ato, mas como colocá-la no palco?, isso eu não sabia em absoluto. Todos ao redor me disseram que era completamente impossível, que eu precisava ter boas relações no mundo teatral, além de um nome literário graúdo, caso contrário não só a peça jamais seria encenada como nem sequer seria lida.

— E qual dos diretores de teatro vai querer ler toda essa porcaria uma vez que já foram escritos *Hamlet* e *O inspetor geral*? Ainda mais escrevinhice de mulher!

Foi aí que parei para pensar.

Não queria me esconder atrás de um pseudônimo masculino. Seria fraco e covarde. Melhor escolher algo incompreensível, nem lá nem cá.

Então: o quê?

Precisava de um nome que trouxesse sorte. É melhor que seja o nome de algum tolo – tolos são sempre sortudos.

Encontrar tolos não seria problema, eu conhecia muitos deles, mas, como tinha que escolher, precisava fazer uma escolha extraordinária. Então me lembrei de um tolo verdadeiramente extraordinário e ainda por cima conhecido por sua sorte, cuja própria fortuna o reconheceu como um tolo perfeito.

Ele se chamava Stefan, mas em casa era chamado de Steffi. Descartei a primeira letra, por delicadeza (e para que o tolo não se inflasse), decidi assinar a peça como "Téffi" e, pelo bem ou pelo mal, enviei-a depressa para a direção do Teatro Suvórinski[3]. E mantive segredo, pois tinha certeza do fracasso de minha empreitada.

Passaram-se uns dois meses, eu quase me esqueci da peça, e de tudo ficou apenas a lição edificante de que nem sempre os tolos dão sorte.

Eis que enquanto lia o *Novo Tempo* me deparo com algo.

"A peça *A questão feminina*, de Téffi, foi incluída no repertório do Teatro Mali."

Primeiro, o que experimentei foi um susto absoluto.

---

3 O Teatro Mali, de São Petersburgo, foi um empreendimento do jornalista e editor Aleksei Suvórin, por isso Téffi refere-se ao teatro ora como Mali, ora como Suvórinski.

Depois, um desespero sem fim.

Então, de repente, percebi que minha pecinha ininteligível e sem sentido, boba, chata e que não poderia se esconder sob um pseudônimo por muito tempo, peça que sem dúvida falharia miseravelmente, iria me envergonhar pelo resto da vida. E o que fazer? Eu não tinha a quem pedir ajuda.

Aí me lembrei com pavor de que, quando enviei o manuscrito, mantive no envelope o nome e o endereço do remetente. Bem, eles até poderiam pensar que eu remeti a pedido do péssimo autor. Mas e se adivinhassem? E então?

Mas não precisei pensar nisso por muito tempo. Já no dia seguinte o correio me trouxe uma carta oficial que informava que minha peça estrearia em tal data e que os ensaios estavam para começar, e que, portanto, eu estava convidada a participar.

Pois bem, tudo estava escancarado. As rotas de fuga estavam bloqueadas. Caí no fundo do poço e, como não havia nada mais assustador que isso, pude, então, avaliar a situação.

Por que eu achava a peça tão ruim? Se fosse mesmo assim, não teria sido admitida. Ah! Claro, tudo culpa da sorte do nome tolo que usei. Se assinasse

Kant ou Espinosa, provavelmente a peça teria sido rejeitada.

— Preciso me recompor e ir ao ensaio, senão mandarão a polícia vir me buscar.

Fui.

O diretor era Evtikhi Kárpov[4], um homem da velha guarda que jamais aceitou qualquer inovação.

— Um pavilhão, três portas, falas memorizadas, dizê-las de frente para o público.

Cumprimentou-me com paternalismo.

— Autora? Muito bem. Sente-se e fique quieta.

Não preciso dizer que me sentei e fiquei quieta.

No palco, um ensaio aconteceu. Uma jovem atriz, Gríniova (às vezes ainda a encontro aqui em Paris, ela mudou tão pouco que ainda olho para ela segurando o ar, como naquele dia). Gríniova era a protagonista. Nas mãos, tinha um lenço enrolado que levava à boca de tempos em tempos – essa era a moda da estação para as jovens atrizes.

---

4 Diretor do Teatro Suvórinski entre 1900 e 1916. Antes disso, foi diretor do maior teatro de São Petersburgo, o Alexandrinski.

— Não murmure! – gritou Kárpov. — Encare a plateia! Você não sabe suas falas! Não sabe suas falas!

— Eu sei, sim! – disse Gríniova ofendida.

— Ah, sabe? Ponto[5], fique em silêncio! Deixe-a provar do próprio remédio.

Kárpov era um mau psicólogo. Ninguém se lembraria das falas depois de tal intimidação.

"Que horror, que horror", pensei. "Para que escrevi essa peça horrível? Para que enviei ao teatro? Para torturar os atores, obrigando-os a saber de cor os absurdos que inventei? E então, quando a peça malograr, os jornais publicarão: 'É uma vergonha que um teatro sério se ocupe de tal bobagem enquanto o povo passa fome'. E então, quando eu for ao café da manhã de domingo na casa da vovó, ela me lançará um olhar severo e dirá 'chegaram a nós rumores sobre suas histórias. Espero que sejam falsos'."

Ainda assim, continuei indo aos ensaios. Muito me surpreendeu que os atores me cumprimentassem

5 Ponto, no teatro, é o profissional responsável por sussurrar para os atores as falas que eles devem dizer em voz alta. Hoje em dia, o ponto é eletrônico.

amigavelmente. Pensei que todos eles me odiavam e desprezavam.

Kárpov riu:

— A pobre autora está murchando e definhando a cada dia.

A "pobre autora" silenciou e empenhou-se para não chorar. Então, eis que chegou o que não se podia evitar: o dia da apresentação.

"Ir ou não ir?"

Decidi ir, mas pegar um lugar qualquer nas últimas filas para que não me notassem. Kárpov era de fato tão enérgico que, se a peça fosse mal, ele poderia colocar a cabeça para fora da coxia e gritar comigo: "Vá embora, sua tola!".

Minha peça subiria ao palco após um longo e extremamente tedioso trabalho em quatro atos, de certo autor estreante.

O público aborreceu-se, entediou-se, assobiou.

Eis que tocou o apito final e acabou o intervalo; a cortina, como dizem, abriu, e meus personagens começaram a tagarelar.

"Que horror! Que vergonha!", pensei.

Mas o público riu uma vez, e de novo, e continuou se divertindo. Logo esqueci que era a autora e ri junto quando a velha comediante Iáblotchkina[6] interpretou a generala marchando de uniforme pelo palco, tocando fanfarras militares apenas com os lábios. Os atores estavam muito bem e representaram com perfeição.

— O autor! – gritou a plateia. — O autor!

O que fazer?

A cortina abriu, o elenco se curvou e demonstrou procurar pelo autor.

Pulei de onde estava e caminhei pelo corredor até a coxia. Naquele momento as cortinas se fecharam e voltei na direção de onde vim. Mas o público chamou pelo autor outra vez, a cortina abriu novamente, o elenco se curvou de novo e alguém gritou do palco: "Onde está?", e mais uma vez corri para a coxia e mais uma vez baixaram as cortinas. Continuei indo e voltando pelo corredor até que alguém cabeludo (identificado, tempos depois, como sendo A. R. Kuguel[7]) agarrou-me pelo braço e gritou:

---

6 Aleksandra Aleksándrovna Iáblotchkina (1866-1964) foi a atriz principal do Teatro Mali por 75 anos e se tornou uma referência no universo da comédia russa e soviética.

7 Aleksandr Rafaílovitch Kuguel (1864-1928) foi um influente diretor, editor e crítico de teatro em São Petersburgo.

— Mas que diabo! Aqui está ela!

Mas, naquele momento, a cortina, que já havia sido aberta seis vezes, fechou-se de vez e o público começou a dispersar.

No dia seguinte, pela primeira vez na vida, conversei com um jornalista. Entrevistaram-me:

— E agora, em que você está trabalhando?

— Estou costurando sapatinhos para a boneca de minha sobrinha.

— Hum... Ah. E qual o significado de seu pseudônimo?

— É... é o nome de um tol..., quer dizer, é um sobrenome.

— Disseram-me que vem da obra de Kipling.

Salvaram-me! Salvaram-me! Salvaram-me! De fato, em Kipling existe um nome assim.[8] Sim, é claro, também em *Trilby*[9]. E há uma canção que diz:

---

8 Taffy é o nome de uma garota em um dos contos de *Histórias assim*, de Rudyard Kipling (1865-1936).

9 Taffy é o nome de um jovem estudante de arte britânico em *Trilby*, romance de George du Maurier (1834-1896).

Taffy was a walesman,
Taffy was a thief...[10]

Tudo isso voltou a mim de uma única vez.
— Sim, é claro, de Kipling!
No jornal, abaixo do meu retrato, estava "Taffy".
E fim. E nada mudou.
Assim permaneceu.

10 "Taffy era um galês/ Taffy era um ladrão" são os primeiros versos de uma antiga canção de ninar muito conhecida na Inglaterra. Téffi cita aproximadamente os versos em inglês com um erro de grafia.

O cachorro (Relato de uma desconhecida)

— Lembram-se da morte trágica de Edvers? O aventureiro Edvers? Pois então, essa história toda aconteceu diante de meus olhos, e eu até participei indiretamente dela.

Por si só, a morte dele foi algo totalmente incomum, mas as circunstâncias que se entremearam nessa aventura terrível foram ainda mais impressionantes. Na época eu não contei a ninguém, só meu atual marido ficou sabendo. Era inclusive impossível contar. Teriam pensado ser um delírio de uma maluca e talvez até desconfiassem de algo criminoso da minha parte e teriam me arrastado para esse horror, sendo que eu mal conseguia me aguentar viva. Não é fácil superar um abalo dessa magnitude.

Agora isso tudo é passado, já faz tempo que me acalmei, mas, sabe de uma coisa, quanto mais esse passado se distancia, posso ver com mais clareza a linha evidente, reta e totalmente inacreditável, o eixo que sustenta toda essa história. Por isso, se for para contá-la, que seja exatamente como eu a vejo agora.

Que isso não foi inventado, os senhores podem, se quiserem, acreditar. Como Edvers morreu, os senhores já sabem. Zina Voltova, nascida Katkova, está viva e com saúde; por fim, se não acreditarem, o meu marido também pode confirmar tudo.

De modo geral, considero que as histórias mais maravilhosas do mundo são muito mais numerosas do que pensamos. É preciso apenas saber ver, saber seguir o verdadeiro fio dos acontecimentos, sem afastar conscientemente aquilo que nos parece inacreditável, sem embaralhar os fatos e sem impor as nossas explicações a eles.

As pessoas tendem, com frequência, a ver o maravilhoso em ninharias ou, de modo geral, onde tudo é corriqueiro e simples; elas gostam de implicar seus próprios pressentimentos ou sonhos, os quais interpretam de acordo com a ocasião de um jeito ou de outro. Outros, de natureza sóbria, ao contrário, são muito céticos quanto a tudo o que não se pode explicar, buscam investigar e explicar as histórias que estão fora de sua capacidade de compreensão.

Eu não faço parte de nenhum dos dois grupos, não pretendo explicar nada, simplesmente farei um relato honesto de como tudo ocorreu, tudo, começando por aquilo que eu considero ser o começo.

Acho que tudo começou naquele distante e maravilhoso verão, quando eu tinha apenas 15 anos.

Eu, que agora me tornei tão quieta e desalentada, na época, em minha tenra juventude, era terrivelmente vivaz, possessa até. Há garotas que são assim. Não têm medo de nada. E nem se pode dizer que eu era mimada, pois não havia ninguém para me mimar. Nessa época, eu era órfã de pai e mãe, e a tia que era responsável por mim era tão pamonha, que Deus a tenha, que não conseguia nem mimar nem ser rígida. Uma maria-mole. Hoje eu penso que ela não dava a mínima para mim. Bem, eu também pouco me importava com ela.

Naquele verão, sobre o qual comecei a falar, minha tia e eu fomos visitar a propriedade do vizinho, os Katkóv, na província de Smolensk.

A família era grande e muito querida. Minha amiga Zina Katkova gostava muito de mim, adorava mesmo. E todos me tratavam muito bem. Eu era uma menina bem bonitinha, bondosa e alegre, sobretudo alegre. Eu tinha uma vitalidade enorme, tanta que parecia dar e sobrar para a vida toda. Só que não foi o bastante.

Autoconfiança, na época, eu tinha muita. Sentia-me inteligente, bonita. Coqueteava com todos, até com o cozinheiro idoso. Chegava a me sentir sufocada com a plenitude da vida. A família Katkóv, como já disse, era grande e, com os visitantes que chegavam no verão, sentavam-se à mesa cerca de vinte pessoas.

Depois da refeição, passeávamos na colina, um lugar belo e poético. A vista de lá dava para o rio e para um antigo moinho abandonado. Era um local misterioso, escuro, especialmente sob a luz do luar, quando tudo ao redor reluzia feito prata, e apenas os arbustos na colina e a água sob a roda do moinho eram pretos feito nanquim, lúgubres e calmos.

Nunca íamos ao moinho durante o dia, éramos proibidos, pois a barragem era antiga e, ainda que não caíssemos, seria possível ao menos torcer o pé. A molecada do campo, contudo, corria para a colina atrás de framboesas. Os arbustos cresciam exuberantes, mas as frutas pareciam silvestres, pequenas como as da floresta.

Ficávamos admirando aquele antigo moinho à noite, sentados na colina e cantando em coro "Cante, andorinha, cante!".

Só os jovens passeavam, é claro, umas seis pessoas: minha amiga Zina, seus dois irmãos, um que era dois anos mais velho, Kólia, e o outro, Volódia, meu atual marido, que na época já era adulto, tinha cerca de 23 anos e era estudante universitário, além de seu colega de faculdade Vânia Lébedev, um jovem muito interessante, inteligente, gozador, que sempre inventava algo engraçado. Eu, é claro, achava que ele estava perdidamente apaixonado por mim, só que escondia. Depois, coitadinho, foi morto na guerra. Em nosso grupo havia ainda um garoto, um estudante de cerca de 16 anos, filho do administrador, o ruivo Tólia. O garoto era dócil e não tinha nada de bobo, era forte, alto, mas acanhado ao extremo. Agora, quando me recordo, ele parecia estar sempre atrás de alguém. Ao ser visto, sorria confuso e se escondia de novo. Acontece que esse garoto, o ruivo Tólia, era – aqui já não havia dúvida – caidinho por mim, arrebatada e desesperadamente apaixonado, tão desesperadamente que nem dava vontade de caçoar dele, e, embora todos soubessem de seu amor, ninguém jamais zombava dele, ainda que outros, na mesma posição, não tivessem sido poupados, sobretudo pelo estudante Vânia.

Até do cozinheiro idoso eles riam.

— Liáletchka! Coroe, enfim, a paixão de Fedótitch. A sopa de peixe hoje está puro sal! Assim não dá! Você é uma moça vaidosa, está gostando do sofrimento dele, mas e nós? Por que é que temos de sofrer?

O ruivo Tólia costumava passear comigo. Às vezes eu gostava de acordar antes de o dia raiar e sair para pegar cogumelos ou pescar. Fazia isso principalmente para impressionar os demais. Quando todos chegavam para tomar o chá pela manhã, diziam:

— Que cesto é esse? De onde vieram esses cogumelos?

— Foi a Liália[1] quem pegou.

Ou quando, de repente, serviam peixe no café da manhã.

— De onde veio, quem trouxe?

— Foi a Liália quem pescou.

---

1 Liáletchka e Liália são apelidos de Olga.

Eu adorava quando todos exclamavam surpresos.

Assim, o ruivinho e eu ficamos amigos. Ele nunca me falou de seu amor, era como se entre nós houvesse um acordo tácito de que tudo estava claro e entendido, de modo que não havia por que falar nada. Tólia se considerava amigo de Kólia Katkóv, embora, cá para mim, eles nunca tenham sido amigos de fato; ele apenas ficava em nossa companhia para que tivesse atrás de quem se esconder e me olhar.

Certa vez, ao anoitecer, fomos todos para a colina, e Tólia estava conosco. Vânia Lébedev teve a ideia de que cada um contasse alguma lenda que conhecesse. É claro que, quanto mais assustadora fosse a lenda, melhor.

Tiramos na sorte para ver quem começaria. Saiu o ruivo Tólia.

Pensei: "Ah, ele vai ficar todo atrapalhado e não vai contar nada".

Mas, para minha surpresa e de todos os demais, ele saiu logo falando:

— Já faz tempo que eu queria contar, mas não conseguia. É sobre esse moinho. É tudo verdade, ainda que seja muito estranho, e por isso parece até uma lenda. Foi meu pai quem me contou, ele morava a 10 verstas[2], em Koniúkhovka. Aconteceu quando ele ainda era jovem. Já na época, não se sabe por quê, o moinho não funcionava havia tempos. Então, chegou um desconhecido, um velho alemão com um cachorro enorme, e arrendou o moinho. Era um velhote muito estranho. Não conversava com ninguém, andava sempre calado. E o cachorro também era estranho: passava dias inteiros de frente para o velho, olhando para ele sem desviar os olhos. Era evidente que o velho morria de medo dele, mas não podia fazer nada, não podia simplesmente enxotá-lo. Ele ficava sempre olhando para o velho, acompanhando seus movimentos, e súbito arreganhava os dentes e rosnava. Os mujiques que iam buscar farinha diziam que o cachorro não avançava em ninguém, só ficava encarando o velho. Todos ficavam espantados com aquilo, chegaram a perguntar por que ele mantinha aquele diabo, mas não havia como falar com o velho. Ele ficava calado e pronto.

Então aconteceu a história. Esse mesmo cachorro, de repente, do nada, saltou sobre o velhote e rasgou sua garganta. Os mujiques viram o cão fugir correndo,

---

2 Antiga medida russa, equivalente a 1,06 quilômetro.

como se estivesse sendo perseguido por alguém. Assim ele desapareceu. Ninguém jamais ficou sabendo de nada. E até hoje o moinho está vazio.

Todos gostaram da lenda de Tólia. Vânia Lébedev, contudo, disse:

— Muito bom, Tólia. Só que você não sabe contar. Não soou tão assustador. Eu teria acrescentado que, desde então, esse lugar é enfeitiçado, e que aquele que concordar em passar uma noite inteira lá, se quiser, pode se transformar em cachorro.

— Mas isso não é verdade! – observou Tólia timidamente.

— Como é que você sabe? Vai ver é verdade, sim. Você é que não sabe, já eu posso sentir que é assim. Afinal, ninguém jamais fez essa experiência.

Todos caíram na gargalhada.

— Mas quem é que vai querer isso? Grande alegria virar um cachorro! Se fosse para virar milionário, seriam outros quinhentos. Ou então algum herói, um chefe militar famoso, uma beldade. Mas um cachorro, quem é que vai querer?

Ninguém contou nenhuma outra lenda naquela noite, apenas tagarelamos sobre aquela e depois partimos.

Na manhã seguinte fomos, Tólia e eu, para o bosque, colhemos frutas silvestres, mas não em uma quantidade que justificasse levarmos para casa; por isso, decidimos que era melhor que eu mesma as comesse. Sentamo-nos debaixo de um pinheiro, eu comia as frutas e ele me olhava. Comecei a achar graça naquilo.

— Tólia – eu digo –, você está me olhando como o cachorro olhava para o velho do moinho.

Ele respondeu com tristeza:

— Pois eu queria mesmo virar um cachorro... Afinal, você nunca vai ser minha mulher, não é?

— Bem, é claro que não – respondi.

— Quer dizer que nunca poderei ficar perto de você como pessoa. Mas, se eu fosse um cachorro, ninguém me impediria.

Então, ocorreu-me:

— Tólia, querido! Quer saber? Vá passar a noite no moinho. Eu imploro, vá. Você vai virar um cachorro e ficará sempre comigo. Por acaso tem medo?

Ele ficou muito pálido, fiquei até espantada, porque é claro que aquilo não passava de uma brincadeira, de uma bobagem, afinal nem ele nem eu acreditávamos no tal cachorro. Mesmo assim, por algum motivo, ele empalideceu e respondeu sério:

— Sim. Eu vou. Hoje à noite eu vou ao moinho.

O dia seguiu como de costume, e depois do passeio matutino eu não vi mais Tólia. Nem cheguei a pensar nele.

Lembro-me de que vieram visitas, recém-casados de uma propriedade vizinha. Em poucas palavras, havia uma gentarada, muito barulho e alegria. À noite, quando restava apenas o pessoal da casa, e os jovens, conforme o costume, haviam ido passear, lembrei-me de Tólia. Deve ter sido porque vi o moinho, e além disso alguém disse:

— Como está lúgubre e escuro o moinho hoje!

— Isso é porque sabemos o tipo de coisa que acontece por lá – respondeu Vânia Lébedev.

Então, comecei a procurar Tólia com o olhar, virei-me e o vi apartado do grupo. Estava totalmente calado, como se estivesse reflexivo.

Então, lembrei-me de sua decisão e senti certa inquietude, no mesmo minuto fiquei irritada por esse sentimento e tive vontade de zombar dele.

— Ouçam, senhores – gritei alegre –, Tólia resolveu fazer um experimento hoje. Transformar-se em um cachorro. Vai até o moinho para passar a noite.

Ninguém prestou muita atenção às minhas palavras.

Devem ter levado na brincadeira, apenas Vânia Lébedev disse:

— Ora, não é má ideia. Peço apenas que meu amigo Anatóli[3] se transforme em um cachorro de caça, em todo caso é mais conveniente do que um vira-lata.

Tólia não respondeu nada, nem se mexeu. Quando estávamos voltando para casa, fiquei um pouco para trás de propósito, e ele se aproximou de mim.

— Pois então, Liáletchka – ele disse –, eu vou. Vou para o moinho.

Fiz uma expressão misteriosa e sussurrei:

— Vá, vá sem falta. Só que, se não tiver coragem de se transformar num cachorro, nem apareça na minha frente.

— Sem falta – ele disse –, vou me transformar.

— Pois eu vou te esperar a noite toda – eu disse. — Assim que você se transformar, venha correndo para casa e arranhe as venezianas com suas garras. Vou abrir a janela, e você poderá pular para dentro do quarto. Entendeu?

— Entendi.

— Bom, então, agora vá.

---

3 Tólia é apelido de Anatóli.

Corri para a cama e fiquei esperando. E, imagine só, passei a noite inteira sem pregar os olhos. Por algum motivo, estava terrivelmente agitada.

A noite foi sem luar, mas estava estrelada. As estrelas brilhavam. Levantei-me, entreabri a janela, lancei um olhar: parecia haver algo terrível. Dava até medo de abrir a veneziana, olhei pelas frestas.

"Esse tonto do Tólia", pensei. "Para que foi até lá? Está sozinho naquele moinho morto."

Por fim, adormeci antes do amanhecer. Ouvi entre sonhos alguém arranhando e raspando a janela.

Dei um salto, tentei ouvir. Era isso. Garras rangiam nas venezianas. Fiquei morrendo de medo, quase perdi o fôlego. Ainda era noite, estava escuro.

Seja como for, tentei me recompor, aproximei-me rapidamente da janela e abri as venezianas. O que é isso? Dia! Sol! E lá estava Tólia, sob a janela, rindo, ainda que muito pálido. Peguei-o pelos ombros, fiquei fora de mim de tanta alegria, abracei seu pescoço e gritei:

— Como teve coragem, seu patife, como teve coragem de não virar um cachorro?

Ele beijou minhas mãos de tão feliz que estava com meu abraço.

— Liáletchka – ele diz –, por acaso não está vendo?

Parece que não consegue ver! Eu, Liáletchka, sou um cachorro, seu cão eternamente fiel, nunca me afastarei de você. Como consegue não ver? Deve estar enfeitiçada por alguma força do mal, por isso não vê.

Peguei o pente que estava sobre a mesa, beijei-o e o atirei pela janela.

— Vá buscar!

Ele saiu correndo, encontrou o pente na grama e me trouxe na boca. Ria-se e tinha um olhar tal que quase me fez chorar.

— Bom – eu disse –, agora eu acredito.

—

Estava perto do outono.

Dentro de três ou quatro dias minha tia e eu iríamos embora para casa, no campo, para nos aprontarmos para ir a Petersburgo.

Antes da partida, Volódia Katkóv me surpreendeu um bocado. Arranjou uma câmera sabe-se lá onde e passou dias inteiros me fotografando.

Tólia ficava distante, eu praticamente não o via. E ele partiu antes de mim. Partiu para Smolensk. Ele estudava lá.

Passaram-se dois anos.

Durante esse tempo, eu vi Tólia apenas uma vez. Ele viera a Petersburgo por alguns dias para resolver algum assunto e se hospedara na casa dos Katków.

Não estava muito mudado. Ainda tinha aquele rosto grande e infantil com olhos acinzentados.

— Cachorro! Olá! Dê a pata.

Ele ficou terrivelmente confuso, deu uma risada, sem saber o que dizer. Por esses dias, eu recebia de Zina Katkova bilhetes assim: "Venha à noite sem falta. O cachorro está se lamentando". Ou: "Venha logo. O cachorro está definhando a olhos vistos. É pecado maltratar os animais".

Embora todos caçoassem dele às escondidas, ele se portava de forma bastante tranquila, não procurava conversa comigo e, como antes, escondia-se atrás de alguém.

Lembro-me de apenas uma vez, quando, durante o chá, Zina tentou me convencer de todo jeito a entrar para o conservatório, pois tinha ótima voz, e Tólia ficou todo alvoroçado.

— Ah, bem que eu sabia que é do palco! Ah, como isso tudo é maravilhoso.

Claro que, ato contínuo, ele ficou atordoado.

Passou apenas alguns dias em Petersburgo e, quando partiu, recebi um enorme buquê de rosas da loja Eilers. Quebramos a cabeça tentando descobrir quem havia enviado e, apenas na manhã seguinte, ao trocar a água do vaso, eu vi um pequeno cachorrinho de pedra cornalina amarrado ao buquê com uma fina linha dourada. As flores haviam sido enviadas por Tólia!

Não contei a ninguém. Por algum motivo passei a ter muita pena dele. E o cachorrinho era tão lastimável, tinha olhos brilhantes como se chorasse.

E onde aquele coitado arrumara dinheiro para comprar um buquê daqueles? Deve ter ganhado da família para ir ao teatro ou para fazer compras.

A despeito da suntuosidade das flores, elas despertavam uma tristeza dolorida e terna, muito diferente daquilo que as pessoas viam no rosto redondo de Tólia, um rosto infantil e inocente. Fiquei até feliz quando as flores secaram e minha tia as jogou fora. Eu mesma não consegui fazê-lo. Já o cachorro eu deixei longe, enfiei numa cômoda para esquecer-me dele. E me esqueci.

—

Depois teve início uma época confusa da vida. Começou no conservatório, que me decepcionou muito. O professor gostou muito da minha voz, mas me colocou para estudar. E isso não era do meu feitio. Estava acostumada a despertar empolgação mesmo sem fazer nada. Escrevia uma cançãozinha qualquer, e todos diziam: "Ah! Oh! Que talento!". Mas me dedicar sistematicamente eu não conseguia. De fato, parece que a opinião geral acerca do meu talento era exagerada. No conservatório eu não me destacava por absolutamente nada entre os alunos. Talvez apenas por nunca ter me preparado como se deve para as aulas. Essa decepção, é claro, refletiu-se no meu caráter. Tornei-me irritadiça, nervosa. Buscava consolo em conversas vazias, corre-corre e flertes. Meu humor era péssimo.

De Tólia, certa vez, recebi apenas uma cartinha de Moscou, onde ele continuava seus estudos.

Ele escreveu: "Liáletchka, lembre-se de que você tem um cachorro; se precisar, chame-o". Ele não mandou o endereço, eu não respondi. Começou a guerra.

Nossos rapazes se revelaram todos uns patriotas e partiram para o front. Ouvi dizer que Tólia também havia partido, mas dei pouca atenção a isso. Zina alistou-se como enfermeira, e eu continuei a rodar por aí.

Meus estudos no conservatório iam de mal a pior. Além do mais, comecei a andar na alegre companhia de uns jovens boêmios. Poetas iniciantes, artistas não reconhecidos, noites dedicadas a temas eróticos, madrugadas no Cão Vadio[4].

Esse Cão Vadio era um estabelecimento notável. Atraía elementos totalmente alheios, atraía e os tragava.

Nunca vou me esquecer de uma frequentadora assídua. Ela era filha de um conhecido jornalista, uma mulher casada, mãe de dois filhos.

Alguém certa vez a levou para aquele porão e, pode-se dizer, ela acabou ficando por lá mesmo. Uma mulher jovem e bela, com grandes olhos pretos, arregalados como se estivesse assustada; ela vinha toda noite e ficava até a manhã seguinte, respirando aquele ar embriagado, ouvindo a declamação desafinada dos jovens poetas, de cujos versos ela possivelmente não entendia uma palavra sequer, sempre calada, como que assustada. Diziam que o marido havia se separado dela e lhe tomado os filhos.

---

4 Cabaré artístico-literário, local de encontro de escritores e poetas, funcionou em São Petersburgo entre 1911 e 1915.

Certa vez notei perto dela um jovem rapaz de aspecto bastante enfermiço, de vestes refinadas, um tipo afetado, meio Oscar Wilde.

Ele estava sentado ao lado dela com um ar indiferente, escrevia ou desenhava com o lápis no papel que estava à sua frente. Aquelas palavras, ou sinais, pareciam agitá-la terrivelmente. Ela corava, olhava ao redor com medo de que alguém pudesse ter lido, pegava o lápis e riscava o que ele havia escrito, depois de novo ficava esperando tensa enquanto ele movia preguiçosamente o lápis e ela de novo irrompesse e tomasse o lápis da mão dele.

Havia naquele degenerado algo tão intranquilamente repulsivo que pensei:

"Será que existe no mundo uma idiota capaz de permitir que ele se aproxime, que dê confiança para ele e, quem sabe, se sinta atraída por esse réptil rastejante?"

Duas semanas depois essa idiota fui eu mesma. Não gostaria de me deter longamente nesse período repugnante de minha vida.

Harry Edvers era "poeta e compositor". Compunha cançõezinhas que lia entoando, todas na mesma melodia.

Seu nome verdadeiro era Grigóri Nikoláievitch. Nunca soube seu sobrenome. Lembro-me de quando, certa vez, a polícia (isso já foi na época dos bolchevi-ques) veio ver se estava escondido no meu apartamento um tal Grigóri Úchkin. Mas não sei dizer ao certo se se tratava dele.

Harry entrou em minha vida de modo tão natural e simples, como se fosse um quarto de hotel que ele abria com sua própria chave.

Conhecemo-nos, é claro, no Cão Vadio. Naquela noite eu estava entre os que iriam se apresentar no palco e cantei uma canção de Kuzmin[5] que estava na moda, *Crianças, não procurem a rosa na primavera*. E, depois dessa primeira frase, alguém do público entoou: "A Rosa vive em Odessa"...

Foi alguém que estava na mesa de Edvers. E, quando voltei para o meu lugar, ele se levantou e foi atrás de mim.

— A senhora se ofendeu? Isso foi coisa do tonto do Iúrotchka. Mas a senhora não deveria cantar isso. Tem que cantar minha *Duchesse*.

E assim foi. Duas semanas depois eu cortei o cabe-lo, tingi de ruivo-escuro, vesti um paletó masculino

---

5 Mikhail Kuzmin (1872-1936), poeta, compositor e escritor russo, autor de *Asas* (Carambaia, 2023).

de veludo preto e, cigarro na mão, comecei a cantar a baboseira composta por Harry:

Garoto pálido como papel machê.
Era o favorito da princesa cor de anil.
Havia nele um segredo caché
Que prometia loucuras mil.

Levantava a sobrancelha, sacudia as cinzas do cigarro e continuava:

Tem a alma doce, a princesa,
Alma não, é uma perfumada duchesse
Boa só para a sobremesa,
Para amantes de de-li-ca-tessen.

E assim por diante. Harry ouvia, aprovava, corrigia.

— A senhora tem que colocar na abotoadeira uma rosa anormal, verde. Enorme. Horrenda.

Harry tinha seu séquito, sua corte. Também "anormal, verde e horrenda". Uma moça verde e viciada em cocaína, um tal Iúrotchka, "que todos conheciam", um aluno tísico do liceu e um corcunda, que tocava piano maravilhosamente. Todos eram ligados por segredos, falavam por alusões, sofriam de algo, preocupavam-se e, agora compreendo, às vezes simplesmente faziam tempestade em copo d'água.

O aluno do liceu gostava de se enrolar em xales espanhóis e calçava sapatos femininos de salto alto, a moça verde se vestia como um militar.

Não vale a pena contar tudo isso. Não se trata deles. Menciono-os apenas para dar uma ideia sobre o meio em que me enfiei.

Na época eu vivia em uns cômodos mobiliados na avenida Litéinaia. Harry veio morar comigo.

Ele grudou em mim. Até hoje não entendo se ele pensava que eu era rica ou se realmente estava apaixonado por mim. Nossa relação era estranha. Também era "verde e horrenda". Não vou falar sobre isso agora.

O mais estranho era que, ao seu lado, eu sentia repulsa, uma aversão aguda, era como se estivesse beijando um cadáver. Só que não conseguia viver sem ele.

Volódia Katkóv retornou do front. Veio correndo até mim empolgado, alegre. Exclamou ao ver meus cabelos ruivos.

— Para que isso? Você e seus caprichos! Mas tanto faz, você está uma graça.

Ele me girou para todos os lados e deu para perceber que gostou muito.

— Liáletchka, só tenho uma semana e vou passar o tempo todo com você. Tenho muita, muita coisa para contar. Não posso mais guardar para mim.

Então, Harry entra. Nem bateu na porta. E ficou claro que ele não gostou nada de Volódia. Deve ter ficado com ciúmes. Por isso, largou-se muito à vontade na poltrona e começou a me tratar por "você", coisa que ele nunca fazia.

Volódia ficou desnorteado, em silêncio ficou muito tempo passando os olhos de mim para Harry, de Harry para mim, depois se levantou decidido, ajeitou o casco e se despediu.

Foi muito difícil para mim vê-lo sair daquela forma, mas eu mesma fiquei atordoada com a desfaçatez de Harry, não soube o que dizer e não consegui segurar Volódia. Senti que tinha acontecido um terrível mal-entendido, mas não havia mais como repará-lo.

Ele não voltou mais. Eu tampouco o esperei. Senti que ele havia partido, que sua alma havia partido, para sempre.

—

Em seguida começou um período de solidão. Harry, que apesar de todos os subterfúgios deveria ir para o front, foi a Moscou para resolver alguma coisa. Fiquei mais de um mês sozinha. Foi uma época intranquila, eu não tinha dinheiro. Escrevi para minha tia na província de Smolensk, mas não obtive resposta.

Enfim, Harry voltou. Com um "aspecto" totalmente diferente. Bronzeado, corado, num elegante sobretudo de astracã cinza e num gorro também de astracã.

— Está voltando do front?

— De certo modo – essa foi sua resposta. — A Rússia não precisa apenas da carne de seus filhos em sacrifício, mas também de seu cérebro. Eu forneço carros para o Exército.

Embora o cérebro de Harry fosse necessário à Rússia e ainda que ele trabalhasse maravilhosamente bem, dinheiro ele tinha pouco.

— Precisamos de uma virada. Será que você é tão pouco patriota que não vai me arranjar um dinheiro?

Falei da minha situação precária, contei da tia. Ele ficou interessado. Perguntou pelo endereço dela. Deu umas voltas e novamente partiu. Aliás, a causa de sua aparência fresca, de front, estava nas caixinhas de pó ocre e cor-de-rosa. Justiça seja feita: ele ficava muito bonito assim.

O estado de espírito de nossos círculos "estéticos" de então já era contrarrevolucionário, e, antes de partir, Harry compôs uma nova canção para mim:

Meu coração está pendurado numa fitinha branca
Numa fitinha branca: lembre-se dessa cor.

Eu a cantava com um vestido feminino, pois na época nós nos fazíamos de marquesas e aristocratas. Gostavam da canção. De mim também.

Pouco depois da partida de Harry, Zina Katkova voltou de repente do front. Voltou e contou uma história comovente, que me deixou completamente perturbada.

— Montamos a enfermaria perto da floresta – ela contou. — Havia trabalho aos montes, mas tínhamos que partir na manhã seguinte. Estávamos mortos de exaustão. Então eu saí para fumar, e um soldado me chamou: "Enfermeira Katkova, é a senhora?". Olho, imagina só quem era? Tólia. Tólia, o cachorro. Eu disse: "Querido, desculpe, mas estou com muita pressa". "Eu só queria saber da Liáletchka. Por acaso ela está mal?

Pelo amor de Deus, me conte tudo o que sabe." Então eu ouço alguém me chamar. Digo: "Espere, Tólia, vou lá resolver e já volto". Ele diz: "Está bem, vou ficar aqui esperando, perto desta árvore. Não seremos deslocados antes de amanhã". Então eu corri de volta para os feridos. Foi uma noite terrível. Havíamos sido descobertos pelos alemães, e tivemos que escapar às pressas ao amanhecer. De modo que não descansamos nem por um minuto. Eu me atrasei um pouco e tive que correr para entrar na formação. A manhã passou com um chuvisco fraco, triste, uma umidade. Estava correndo quando, de repente, vi: meu Deus! O que é isso? Tólia estava ao lado da árvore, todo sujo, coberto de terra. Ele ficou me esperando a noite inteira! Em estado lastimável, olhos fundos, todo sujo de terra. E ainda estava sorrindo. Provavelmente irão matá-lo. Imagine só, passou a noite inteira debaixo da chuva para ouvir notícias suas. Mas eu não pude parar. Só deu tempo de ele enfiar o endereço dele no meu bolso. Eu gritei: "Não tema por Liália, parece que ela está para se casar". Gritei e em seguida me arrependi: e se ele ficar chateado com isso? Quem é que sabe.

O relato de Zina me deixou muito preocupada. Estava me sentindo mal e desejava a amizade de uma pessoa boa. E onde é que eu poderia arranjar alguém melhor que Tólia? Fiquei muito comovida, até pedi o endereço dele e o guardei.

Não gostei do que vi nessa visita de Zina. Em primeiro lugar, ela estava muito mais feia e grosseira. Em segundo (talvez isso tivesse que vir primeiro), ela foi muito fria comigo. Inclusive destacou sua indiferença em relação à minha pessoa e ao meu modo de vida. Era a primeira vez que me via de cabelos curtos e ruivos, mas por algum motivo fez de conta que não se surpreendeu e que nada daquilo a interessava. É claro que é difícil acreditar nisso. É claro que ela tinha interesse em saber por que eu estava me fazendo de boba. Ela só não prestou atenção em mim para mostrar o quanto desprezava a mim e a minha vida desregrada, para mostrar que, de sua posição elevada, nem dava para perceber esses meus caprichos indecentes.

Ela nem sequer perguntou se eu ainda cantava e como era minha vida neste mundo. Em compensação eu a alfinetei como pude:

— Tomara que a guerra acabe logo, senão você vai perder o aspecto de ser humano. Você está uma velha.

Em seguida eu sorri afetada e acrescentei:

— Eu, como de costume, só reconheço a arte. Todos esses seus feitos se mostrarão inúteis, já a arte é eterna.

Zina me olhou perplexa e logo partiu, como se "sacudisse o pó dos pés".

Chorei muito naquela noite. Estava enterrando meu passado. Pela primeira vez senti que todos os caminhos que percorri e que me levaram até aquele minuto foram destruídos, explodidos, como os trilhos depois do último trem de um exército em retirada.

"E Volódia?", veio-me a lembrança amarga. "Por acaso amigos agem assim? Ele não perguntou nada, não ficou sabendo de nada direito, apenas viu Harry, virou-se e foi embora. Se eles pensam que eu estou confusa e perdida, por que, ao contrário, não se aproximam, não tentam me trazer de volta o juízo, por que não me apoiam? Num tempo tenebroso e terrível como este, largar uma pessoa próxima com essa tranquilidade e indiferença?"

"É que eles são muito virtuosos!", pensei com malícia. "Andam ostentando virtude. Mas, para falar a verdade, será que há tanto mérito na virtude deles? Olha só o focinho da Zina, que tipo de tentação pode haver para ela? Volódia sempre foi frio e limitado.

Sua alma é retinha e estreitinha. Não é capaz de embriagar-se com versos, com música. Harry é muito mais próximo de mim, esse desregrado Harry, com suas cançõezinhas delicadas:

Meu coração está pendurado numa fitinha branca
Numa fitinha branca: lembre-se dessa cor.

"Aqueles" dizem: é bobagem. Entregue-lhes "os jubilosos, tagarelas festivos"[6]. E todos os meus "monstros verdes" me parecem próximos e queridos. Eles todos compreendem. São dos meus.

Mas esses "meus", eu também os perdi nos últimos tempos. A viciada em cocaína estava se acabando no hospital. Iúrotchka foi mandado para o front, o aluno tísico do liceu ingressou como voluntário na cavalaria, pois "se apaixonou por um cavalo dourado" e já não conseguia ficar entre humanos.

— Já não os sinto nem os compreendo.

---

6 Citação de um verso do poema *Cavaleiro por uma hora*, de Nikolai Nekrássov (1821-1878).

Do séquito de Harry sobrou apenas o corcunda. Ele tocava *Ondas do Danúbio*[7] em um piano velho de um cinema pequenino e de nome pomposo, O Gigante de Paris, e estava passando fome.

Essa foi uma época muito dura na minha vida. A única coisa que me sustentava era a raiva pelos meus ofensores, além da ternura excitada e artificialmente nutrida por Harry, para o meu e único Harry. Por fim, ele voltou.

Encontrou-me em péssimo estado de nervos. Alegrei-me tanto ao vê-lo que fiquei até atordoada. Ele não esperava essa reação.

Seu comportamento era enigmático. Sumia por dias. Parece que realmente estava comprando e vendendo algo.

Depois de rodar por aí por cerca de duas semanas, ele resolveu que era preciso mudar para Moscou.

— Petersburgo é uma cidade morta. Em Moscou a vida ferve, os cafés se proliferam, lá a senhora poderá cantar, ler, enfim, ganhar melhor.

Para sua nova ocupação, o comércio, Moscou

---

7 Valsa composta em 1880 por Ióssif Ivanovici (1845-1902).

também era mais interessante. Fizemos rapidamente as malas e nos mudamos.

De fato, a vida em Moscou era mais animada, intensa, alegre. Encontrei muitos conhecidos de Petersburgo e me envolvi.

Harry sumia, estava ocupado com alguma coisa, raramente dava as caras.

Até me proibiu de cantar sua *Fitinha branca*. Isso mesmo: não pediu que eu não cantasse, apenas proibiu, e ainda por cima muito bravo.

— Como é que não entende que hoje é uma coisa inócua, sem estilo, sem harmonia.

Além disso, ele me perguntou algumas vezes se eu sabia o endereço de Volódia Katkóv. Eu atribuí isso ao ciúme.

— Parece que ele está no sul, com os brancos, não é?

— Bem, é claro.

— E não pretende voltar?

— Não sei.

— Ele não tem família aqui?

— Não.

Curiosidade estranha.

Com o que exatamente Harry trabalhava era difícil entender. Parece que estava vendendo ou fornecendo alguma coisa. O que importa é que, de tempos em tempos, ele trazia ora presunto, ora farinha, ora manteiga. Era uma época de muita fome.

Certa vez, ao passar pela rua Tverskáia, de repente vi um sujeito abatido, que me olhou fixamente e logo atravessou a rua. Algo nele me era familiar. Continuei olhando: Kólia Katkóv! O irmão mais novo de Volódia, amigo de Tólia, meu cachorro. Por que é que ele não me chamou? Ficou claro que me reconheceu. Mas por que fugiu de mim?

Falei para Harry sobre esse encontro. Por algum motivo, meu relato o deixou agitado:

— Como você não entendeu? Ele é um oficial branco, está se escondendo.

— Mas por que ele está aqui? Por que não está com o Exército?

— É obvio que deve ter sido enviado para alguma missão. Como foi tonta de não o ter detido!

— Ora, mas ele deve ter medo de ser reconhecido!

— Tanto faz. Você poderia ter oferecido que ele se escondesse conosco.

Fiquei comovida com a bondade de Harry.

— Harry, você não tem medo de esconder um oficial branco em sua casa?

Ele enrubesceu um pouco.

— Besteira! – resmungou. — Se o encontrar outra vez, sem falta, ouviu? Chame-o sem falta!

Esse Harry! Capaz de realizar grandes façanhas. Mais do que isso, estava procurando realizar uma grande façanha.

Aquele foi um verão quente, abafado. A mulher que vendia maçãs "debaixo dos panos" propôs que eu me mudasse para sua datcha no interior de Moscou. Eu me mudei.

Harry me visitava de quando em quando. Certa vez trouxe seus novos amigos.

Era uma gente jovem, daquele conhecido feitio afetado tipo "Oscar Wilde". Rosto verde, os olhos de cocainômanos. Nos últimos tempos Harry também tinha começado a cheirar um bocado.

Com esses amigos tinha conversas práticas, de negócios.

Logo depois dos acontecimentos descritos, um conterrâneo da província de Smolensk veio me visitar. Trouxe uma cartinha esquisita de minha tia.

— Estou há mais de dois meses com essa carta no bolso – disse o conterrâneo. — Procurei a senhora em Píter e já tinha até perdido as esperanças, mas por acaso fiquei sabendo o seu endereço por uma atriz.

Na carta estranha havia o seguinte: "... É evidente que minhas cartas não estão chegando a você. Mas, agora que o dinheiro está finalmente em suas mãos, estou tranquila. Gostei muito do seu marido. É enérgico e parece ser uma pessoa de futuro".

Eu simplesmente não conseguia entender o que aquilo significava. "Que marido? Por que está tranquila? De que dinheiro está falando?" Harry apareceu.

— Harry – eu disse. — Recebi uma carta de minha tia. Ela diz estar tranquila porque o dinheiro está comigo...

Parei, porque fiquei impressionada com a expressão no rosto dele. Ele ficou tão enrubescido que lágrimas apareceram em seus olhos. Súbito, compreendi: foi ele quem foi até minha tia apresentando-se como meu marido, e a velha idiota deu meu dinheiro para ele!

— Quanto ela deu? – perguntei tranquila.

— Cerca de 30 mil. Bobagem. Eu não queria que gastássemos com ninharias e investi em um negócio de automóveis.

— Senhor Edvers – eu disse. — Em toda essa

história só uma coisa me surpreende. A única coisa que me surpreende é que você ainda fique enrubescido.

Ele encolheu os ombros.

— Já a mim – ele disse –, surpreende que você nunca tenha se perguntado de onde vem o dinheiro que nos sustenta, que nos trouxe de Petersburgo.

— Bem, se foi tudo por minha conta, tanto melhor.

Ele se virou e saiu. Depois de alguns dias, contudo, apareceu de novo como se nada tivesse acontecido e ainda trouxe novamente seus amigos, dois dos quais haviam estado da outra vez. Os amigos trouxeram bebida e petiscos. Um deles ficou me cortejando. Eles se referiam uns aos outros, talvez de brincadeira, como "camaradas". Edvers também era chamado de "camarada". Pediram que eu cantasse. O que estava de galanteios – não quero revelar seu nome – me agradou. Ele tinha algo de pervertido e atormentado, algo do nosso grupo "verde e horrendo" de Petersburgo. Então eu cantei *Fitinha*:

— Numa fitinha branca...

— É uma bela melodia, mas que letra idiota! – disse Harry. — De onde tirou essa porcaria antiquada?

Ele pareceu ter ficado com medo de que eu revelasse que ele era o autor e logo mudou de assunto.

Três dias depois eu deveria cantar num café. Ao me ver, nosso empresário ficou muito confuso e resmungou que não poderia deixar que eu me apresentasse naquela noite. Fiquei surpresa, mas não insisti. Sentei-me num canto. Ninguém parecia me notar. Apenas uma pequena poetisa, Lucy Liukor, disse em tom venenoso:

— Ah, Liália! Dizem que a senhora foi logo tingindo sua fitinha de vermelho.

Ao perceber minha perplexidade, ela explicou:

— Dia desses a senhora cantou diante de um pessoal da Tchekᘦ[8], mas não deve ter oferecido a eles a fitinha banca, não é?

— Que pessoal da Tchekᘦ?

Ela me olhou insolente.

— Diante...

E ela disse o sobrenome do "camarada" que estava me cortejando.

Não respondi nada. Levantei-me e fui embora. Estava terrivelmente assustada com o que havia ocorrido. Harry estava me servindo como prato principal!

---

8 Abreviação para Comissão Extraordinária de Combate à Contrarrevolução e Sabotagem. O órgão foi a polícia política do Estado entre 1917 e 1922.

A história do dinheiro não me impressionou tanto. Entre nós, os "boêmios", não havia esse tipo de escrúpulos... O chato foi ele ter escondido isso de mim. Só que agora eu já não podia ficar mais nas mãos desse cocainômano camarada do pessoal da Tcheká. Será que ele estava tentando emboscar oficiais brancos com minha ajuda? Não foi à toa que ele me pediu para chamar Kólia Katkóv.

Eu estava totalmente desesperada. Para onde eu poderia ir? Não tinha uma alma próxima sequer nem ninguém que me tratasse com um pingo de humanidade. Procurar minha tia? Seria necessário conseguir uma autorização de viagem, e eu não tinha um tostão sequer. Fui para casa.

Não vi Harry. Ele ficou sumido por alguns dias. Fui atrás da papelada. Visitei várias instituições, redigi petições, tentei conseguir com o recém-formado sindicato dos artistas que me incluíssem na lista para que fosse mais fácil conseguir a autorização.

Certa vez, estava caminhando pela rua quando de repente senti um empurrão. Kólia! Kólia Katkóv. Cara a cara.

— Kólia! – gritei.

Ele baixou os olhos e virou rapidamente para

uma travessa. Pensei um pouco e fui atrás dele. Ele estava me esperando.

Naquele momento eu entendi por que não o havia reconhecido imediatamente: ele tinha deixado a barba crescer.

— Kólia – eu disse –, o que você está fazendo aqui? Por que veio para Moscou?

— Bom – ele disse –, estou indo embora hoje. Você não deveria ter me reconhecido. Não consegue entender?

— Está indo embora hoje? – exclamei e fui tomada de desespero. — Kólia! – eu disse. — Pelo amor de Deus, salve-me! Vou acabar morrendo.

Ele pareceu ter ficado com pena de mim.

— Não posso fazer nada agora, querida. Sou uma besta envenenada. Vou embora hoje. Não posso fazer nada. Pedirei que alguém te procure.

Então eu me lembrei de meu covil maldito.

— Não – eu disse –, não precisa mandar ninguém me procurar.

Então eu me lembrei de algo que aqueceu minha alma.

— Kólia – eu disse –, você por acaso vai encontrar o Tólia?

— Pode ser que eu o veja – ele disse.

— Então, pelo amor de Deus, diga-lhe que Liália está pedindo ajuda ao cachorro. Lembre-se dessas palavras e repita assim mesmo. Prometa. E diga para ele deixar um bilhete em meu nome no café da Tverskáia.

— Eu o verei – ele disse –, se tudo correr bem, daqui a uns cinco dias.

Ele estava com muita pressa. Despedimo-nos. Eu segui pela rua, chorando.

Em casa ponderei a sério sobre minha posição e decidi não falar nada para Harry, apenas pegar sorrateiramente o dinheiro (afinal, era meu dinheiro!)...

Os trâmites para a autorização correram bem, e logo tudo estaria pronto. Então, era chegado o dia.

Certa vez, eu estava na datcha arrumando uns papéis sobre a mesa e senti como se alguém estivesse me olhando. Virei-me: um cachorro! Grande, ruivo, magro, pelo grosso, tipo um *chien-loup*[9]. Estava parado na porta e me olhava fixamente. Que milagre era aquele? De onde viera? Chamei a senhoria.

---

9 "Cachorro-lobo." Em francês no original.

— Capitolina Fedótovna! Olhe, apareceu um cachorro.

Ela se aproximou e ficou surpresa:

— Mas a porta estava trancada. Como ele se enfiou aqui?

Eu queria fazer carinho no cachorro, ele tinha um olhar expressivo, mas ele não deixou. Abanou o rabo e se afastou para um canto. Continuava olhando.

— Será que damos comida? – eu digo para Capitolina. Ela rosnou, dizendo que não tinha o suficiente nem para as pessoas, mas mesmo assim trouxe pão. Atirou para o cachorro, mas ele não pegou.

— Seja como for, a senhora vai expulsá-lo! – eu disse. — É tão estranho. Talvez esteja doente.

Capitolina escancarou a porta. O cachorro saiu correndo. Mais tarde, lembramo-nos de como ele não nos deixara tocá-lo, não latiu, não comeu. Nós apenas o vimos. Nesse mesmo dia, Harry apareceu.

Seu aspecto era horrível, parecia absolutamente esgotado. Olhos inchados, vermelhos, o rosto inchado, cor de terra. Entrou, sem mal cumprimentar.

Meu coração batia desesperado. Precisava ter uma última conversa com ele.

Harry bateu a porta. Estava muito nervoso. Era

claro que alguma coisa tinha acontecido com ele, talvez tivesse cheirado demais.

— Harry – tomei a frente. — Precisamos ter uma conversa séria.

— Espere – ele interrompeu distraído. — Que dia é hoje?

— Vinte e sete.

— Vinte e sete! Vinte e sete! – murmurou desesperado.

O que o deixou estupefato eu não sei, mas esses gritos de "vinte e sete" me fizeram memorizar esse número, que depois se revelou muito importante para mim.

— De onde veio esse cachorro? – ele exclamou de repente.

Virei-me: esquecido no canto do cômodo estava o cachorro. Todo esticado, tenso. Olhava fixamente para Harry. Era como se toda a sua força se desprendesse de seus olhos.

— Mande-o para fora! – gritou Harry.

Ele ficou bem assustado. Correu para a porta, abriu-a. O cachorro começou a recuar lentamente sem desprender os olhos de Harry. Arreganhou um pouco os dentes, e os pelos das costas se eriçaram. Harry bateu a porta atrás do cachorro.

— Harry! – comecei de novo. — Vejo que está perturbado, mas não posso adiar nossa conversa.

Ele ergueu a cabeça, olhou para mim e, de repente, seu rosto ficou todo torto pelo horror. Então, vi que ele não estava olhando para mim, mas adiante, para algum lugar na parede atrás de mim. Virei-me: atrás da janela, com as duas patas apoiadas no peitoril baixo, estava o cachorro ruivo. Ele deu um salto rápido, talvez assustado com o meu movimento. Mas eu consegui ver o focinho arreganhado, as orelhas em pé e esticadas, com os pelos eriçados, e aqueles olhos terríveis cravados em Harry.

— Fora! – gritou Harry. — Fora daqui! Para fora!

Ele estava tremendo todo, atirou-se para a antessala e passou a tranca na porta.

— Que coisa horrorosa é essa? – repetiu.

Senti que eu mesma estava tremendo toda, e minhas mãos estavam geladas. Compreendi que algo terrível se passava, que era preciso acalmar tanto a ele quanto a mim mesma, que eu havia escolhido um momento ruim, mas por algum motivo não conseguia parar e, teimosa e apressada, disse:

— Tomei uma decisão, Harry.

Com a mão trêmula, ele acendeu um fósforo, fumou:

— Veja só! – deu um sorriso maldoso. — Que interessante!

— Estou indo embora. Vou para a casa da minha tia.

— E por que isso?

— Melhor não perguntar.

Seu rosto inteiro se contorceu.

— E se eu não deixar?

— Que direito você tem?

Falei com tranquilidade, mas meu coração batia tanto que eu quase não conseguia respirar.

— Direito nenhum – ele respondeu, seu rosto tremia todo. — Eu preciso da senhora agora, não vou deixá-la partir.

Ao dizer essas palavras, ele abriu uma gaveta e imediatamente viu o passaporte e os papéis prontos.

— Ah! Aqui está!

Ele pegou a pasta inteira e começou lentamente a rasgar tudo no sentido do comprimento e da largura.

— Por conta dessas suas relações com os brancos eu poderia...

Mas eu já não ouvia. Atirei-me em fúria contra ele. Bati nele com os punhos, arranquei os papéis, dei unhadas, ganidos.

— Tchekista! Bandido! Vou te mata-a-a-r!

Ele me segurou pelo pescoço. Não me sufocou com força, mas me sacudiu, seus dentes arreganhados e olhos raivosos eram mais terríveis e encarniçados do que seus movimentos. Sentindo repulsa e ódio desses olhos esbugalhados e dessa boca arreganhada, comecei a perder a consciência.

— Socorro! – eu disse com a voz rouca.

Então, aconteceu algo bárbaro. Ressoou o barulho de estilhaços, algo enorme, pesado e peludo saltou e caiu lateralmente sobre Harry, derrubando-o e cobrindo-o.

Lembro-me apenas de como suas pernas se contorceram no chão debaixo daquela massa de pelo ruivo eriçado, que cobria quase todo o seu corpo imóvel.

Quando recobrei os sentidos, quase tudo havia acabado. Harry, com a garganta rasgada de fora a fora, havia sido levado para a emergência. O cachorro sumiu sem deixar rastros.

Parece que alguns meninos viram o cão enorme correndo e saltando a cerca.

Tudo isso aconteceu no dia 27. E isso foi o principal para mim. Porque muito tempo depois, já livre, em Odessa, fiquei sabendo que Kólia Katkóv havia transmitido a Tólia meu pedido de ajuda, e que Tólia largara tudo e viera atrás mim. Ele teve de atravessar o front bolchevique. Foi perseguido, capturado e executado no dia 27. Naquele mesmo dia 27.

Esta é a história que eu queria contar. Não inventei nem acrescentei nada, não há nada que eu possa ou queira explicar. Mas eu mesma, quando me volto ao passado, vejo claramente todo o círculo de acontecimentos e o eixo por meio do qual certa força os amarrou. Amarrou e fechou as pontas.

Tempo

Era um ótimo restaurante com espetinhos, *pelmeni*[1], leitão, esturjão e programação artística. A programação artística não se limitava aos números de músicas russas como *Lapotótchki*, *Búblitchki* e *Olhos negros*. Entre os artistas havia mulheres negras, e mexicanas, e espanholas, e cavalheiros de uma tribo vagamente jazzística, que cantavam em todas as línguas obscuras palavras anasaladas, remexendo os quadris. Até mesmo artistas russas desconhecidas, após se benzer nos bastidores, cantavam o bis em francês e inglês.

Os números de dança, que permitiam aos artistas não revelar a nacionalidade, eram executados por

1 Prato da culinária russa à base de massa recheada de carnes variadas.

senhoras dos mais sobrenaturais nomes: Takuza Muka. Rutuf Iai-iai. Ekama Iuiá.

Entre elas havia mulheres morenas, quase negras, de oblongos olhos verdes. Havia também loiras róseo-douradas e rubro-ruivas de pele parda. Quase todas elas, inclusive as mulatas, eram russas, é claro. Com nossos talentos nem isso é difícil de conseguir. "Nossa irmã, a pobreza" não vai te ensinar isso.

A decoração do restaurante era chique. Essa palavra era precisamente o que melhor o definia. Nem luxuoso, nem exuberante, nem requintado, mas precisamente chique.

Abajures coloridos, fontes, aquários verdes com peixes dourados cravados nas paredes, tapetes, o teto pintado com coisas incompreensíveis, em meio às quais se adivinhava ora um olho esbugalhado, ora uma perna cortada, ora um ananás, ora um pedaço de nariz com um monóculo grudado nele, ora uma cauda de lagostim. Para os que estavam sentados à mesa, parecia que tudo isso lhes caía sobre a cabeça, mas pelo visto a tarefa do artista era justamente essa.

Os empregados eram educados, não diziam aos convidados retardatários:

— Esperem um pouquinho. Para que empurrar se não tem lugar? Aqui não é o bonde.

O restaurante era frequentado tanto por estrangeiros quanto por russos. E com frequência se via como algum francês ou inglês, que aparentemente já tinha visitado o estabelecimento, trazia consigo amigos e, com a expressão facial de um ilusionista que engole a estopa em chamas, entornava na boca o primeiro cálice de vodca e, esbugalhando os olhos, tapava-a na garganta com um *pirojók*[2]. Os amigos olhavam-no como para um excêntrico destemido e, sorrindo incrédulos, cheiravam seus copos.

Os franceses gostam de pedir *pirojkí*. Por alguma razão divertem-se com essa palavra, que eles pronunciam com o acento no "o". Isso é muito estranho e inexplicável. Os franceses colocam o acento em todas as palavras russas de acordo com a sua língua, ou seja, na última sílaba. Em todas, exceto na palavra *pirojkí*.

—

2 Pãozinho assado ou frito, recheado com carne, ovos ou vegetais. No plural, *pirojkí*.

À mesa estavam sentadas Vava von Merzen, Mússia Riven e Gogossia Livenski. Gogossia era da alta roda, embora de uma periferia distante; por isso, apesar de seus 65 anos, continuava conhecido pelo apelido Gogossia.

Vava von Merzen também havia muito crescera e se tornara uma Varvara idosa, com madeixas ressecadas e retorcidas em pequenas mechas cor de tabaco, tão solidamente impregnadas de fumo que, se as cortassem e picassem em pedacinhos, seria possível encher com elas o cachimbo de um modesto capitão de remota embarcação.

Mússia Riven era uma jovem que havia pouco se divorciara pela primeira vez, triste, sentimental e terna, o que não a impedia de virar um copo de vodca atrás do outro, sem efeito perceptível para ela e para os demais.

Gogossia era um interlocutor fascinante. Sabia tudo e de tudo falava, alto e demais; de quando em quando, em pontos arriscados da sua fala, passava do habitual russo para o francês, em parte para que os "criados não entendessem", em parte porque a indecência do francês é picante e o russo ofende os ouvidos.

Em cada restaurante, Gogossia sabia exatamente o que pedir, apertava a mão de todos os *maîtres d'hôtel*, sabia como se chamavam os chefs e lembrava o que, onde e quando comia.

Aplaudia ruidosamente os números bem-sucedidos do programa e gritava numa grave voz senhorial:

— Obrigado, irmão!

Ou:

— Muito bem, moça!

Ele conhecia muitos frequentadores, fazia-lhes um gesto de boas-vindas, às vezes zanzava por todo o salão:

— *Comment ça va? Anna Petróvna en bonne santé*?[3]

Em uma palavra, era um cliente maravilhoso, preenchendo três quartos do salão somente com a sua pessoa.

Diante deles, junto à outra parede, um grupo interessante ocupava uma mesa. Três senhoras. Todas mais do que idosas. Basicamente, três velhotas.

Quem conduzia a coisa toda era uma baixinha, corpulenta, com a cabeça aparafusada diretamente no

---

3 "Como vai? Anna Petróvna está bem de saúde?" Em francês no original.

tronco, sem o menor indício de pescoço. Um grande broche de brilhantes repousava sobre a papada. Os cabelos grisalhos, perfeitamente alinhados, estavam cobertos por um vistoso chapéu preto, as bochechas polvilhadas com pó rosado, a boca discretamente pintada revelava os dentes de porcelana azulada. Uma magnífica raposa prateada afofava-se acima das orelhas. A velhota estava muito elegante.

As outras duas eram pouco interessantes e pelo visto tinham sido convidadas pela velhinha janota.

Ela escolheu tanto o vinho quanto o prato com muito cuidado, e as convidadas, que pelo visto de bobas não tinham nada, expressaram sua opinião com veemência e defenderam suas posições. Começaram a comer juntas sob a chama do verdadeiro temperamento. Prosseguiram com sensatez e concentração. Rapidamente coraram. A velhota principal bebeu demais, estava até um pouco azulada, e seus olhos saltaram e ficaram vidrados. Mas todas as três estavam num humor alegre e animado, como negros que acabaram de escorchar um elefante, quando a felicidade exige a continuação da dança e a saciedade tomba no chão.

— Velhotas engraçadas! – disse Vava von Merzen, dirigindo seu lornhão ao alegre grupo.

— Sim – secundou entusiasmado Gogossia. — Idade feliz. Elas já não precisam manter a linha, não precisam conquistar ninguém, agradar a ninguém. Com dinheiro e estômago bom, essa é a idade mais feliz. E a mais despreocupada. Não é mais necessário construir a vida. Está tudo pronto.

— Olhe aquela, a principal – disse Mússia Riven, desdenhosamente baixando os cantos da boca. — Igualzinha a uma vaca alegre. É fácil imaginar como foi toda a vida dela.

— Deve ter sido ótima – avaliou Gogossia. — Viva e deixe os outros viverem. Alegre, saudável, rica. Talvez ela nem tenha sido de se jogar fora. É claro que é difícil julgar agora. Uma bola de gordura rosa.

— Acho que ela era mesquinha, gananciosa e estúpida – acrescentou Vava von Merzen. — Vejam como come, como bebe, um animal lascivo.

— Mas ainda assim alguém provavelmente a amou e até se casou com ela – desdobrou Mússia Riven com ar sonhador.

— Casou-se com alguém só por dinheiro. Você sempre presume um romantismo que não acontece na vida.

A conversa foi interrompida por Tiulia Rovtsin. Ele

era do mesmo círculo periférico de Gogossia, por isso preservou o nome Tiulia até os 63 anos. Tiulia também era gentil e agradável, porém mais pobre que Gogossia e bem mais melancólica. Depois de alguns minutos de papo, levantou-se, olhou em volta e aproximou-se das velhinhas alegres. Elas alegraram-se como se ele fosse um velho conhecido, e sentaram-no à mesa.

Enquanto isso, o programa seguia seu curso.

Um jovem entrou no palco, lambeu-se como um gato que comeu o galinheiro e, sob o uivo e tinido intermitente do jazz, executou uma canção inglesa num arrulho súplice e ameno. As palavras da canção eram sentimentais e até tristes, o motivo, monotonamente tristonho. Mas o jazz fez o seu trabalho sem entrar nesses detalhes, e era como se o triste senhor contasse choroso sobre seus fracassos amorosos, e algum louco desenfreado rugisse, saltitasse e batesse na cabeça do senhor choroso com uma bandeja de cobre.

Depois, ao som da mesma música, cantaram duas espanholas. Uma delas saiu guinchando, o que levantou muito o ânimo do público.

Depois entrou um cantor russo de sobrenome francês. Primeiro cantou uma romança francesa, em seguida, no bis, uma velha canção russa:

Teu humilde escravo, vou me ajoelhar.
Não luto com o nefasto destino,
Na infâmia, na humilhação a amargar –
Tudo faria pela alegria de estar contigo.

— Ouçam! Ouçam! – agitou-se de repente Gogossia. — Ah! Quantas lembranças! Que terrível tragédia está associada a essa romança. Pobre Kólia Izubov... Maria Nikoláievna Rutte... conde...

Quando meu olhar encontra os olhos teus,
Fico tomado de doloroso enlevo.

O cantor concluiu languidamente.

— Eu conhecia todos eles – lembrou-se Gogossia. — Essa romança é de Kólia Izubov. Uma música encantadora. Ele era muito talentoso. Marinheiro...

... Assim as estrelas abençoadas
O furioso e insondável oceano reflete...

Continuou o cantor.

— Como ela era fascinante! Kólia e o conde eram loucamente apaixonados por ela. E Kólia desafiou o conde para um duelo. O conde o matou. O marido de Maria Nikoláievna estava, então, no Cáucaso. Ao voltar, eis o escândalo, e Maria Nikoláievna a cuidar do moribundo Kólia. O conde, ao ver que Maria Nikoláievna estava todo o tempo junto de Kólia, atira uma bala na cabeça, deixando-lhe uma carta de despedida, dizendo que sabia de seu amor por Kólia. A carta, é claro, cai nas mãos do marido, e ele exige o divórcio. Maria Nikoláievna o ama com ardor e não tem culpa de absolutamente nada. Mas Rutte não acredita nela, assume uma missão no Extremo Oriente e deixa-a sozinha. Ela, em desespero, sofre loucamente, quer ir para um convento. Seis anos depois, o marido a chama para juntar-se a ele em Xangai. Ela vai para lá, renascida. Encontra-o moribundo. Viveram juntos por apenas dois meses. Ele compreendeu tudo, o tempo todo amava apenas a ela e sofreu com isso. De fato, é uma tragédia tamanha que surpreende como aquela mulher frágil conseguiu suportar tudo isso. Foi então que a perdi de vista. Apenas ouvi dizer que ela se casou e que o marido foi morto na guerra. Parece que ela também foi morta. Morta à época da revolução. Tiulia a conhecia bem, também sofreu no seu tempo.

O furioso e insondável oceano.

— Uma mulher notável! Não existem mais assim.

Vava von Merzen e Mússia Riven calaram-se ofendidas.

— Mulheres interessantes existem em todas as épocas – disse, por fim, entredentes, Vava von Merzen.

Mas Gogossia apenas deu-lhe umas palmadinhas na mão, zombeteiro e bonachão.

— Vejam – disse Mússia –, seu amigo está falando de vocês com as velhas.

De fato, Tiulia e suas senhoras olhavam diretamente para Gogossia. Tiulia levantou-se e aproximou-se do amigo, enquanto a velha principal acenou com a cabeça.

— Gogossia! – disse Tiulia. — Descobri que Maria Nikoláievna recorda-se perfeitamente de você. Eu disse seu nome, e ela se lembrou na hora e está muito feliz em vê-lo.

— Que Maria Nikoláievna? – ficou pasmo.

— Nelóguina. Bem, a ex-Rutte. Por acaso se esqueceu?

— Senhor! – comoveu-se Gogossia. — Pois acabamos de falar dela!... E onde é que ela está?

— Vamos logo até ela – apressou Tiulia. — Suas amáveis senhoras hão de perdoar.

Gogossia ergueu-se de um salto, olhando assombrado ao redor.

— E onde é que ela está?

— Logo ali, estava com ela agora mesmo... Eu te levo, eu te levo! – ele começou a gritar.

E a velha principal acenou com a cabeça e, abrindo alegremente as bochechas gordas e firmes com a boca pintada, fez cintilar amistosa uma fileira uniforme de dentes de porcelana azul.

Flerte

Na cabine estava abafado, o cheiro de ferro em brasa e de oleado quente era insuportável. Impossível levantar a cortina, pois a janela dava para o convés e, assim, no escuro, irritado e com pressa, Platónov fez a barba e trocou de roupa.

— Quando o navio se mover, vai ficar mais fresco – consolou-se. No trem também não tinha sido fácil.

Trajando um terno claro, sapatos brancos, penteou cuidadosamente os cabelos escuros e ralos no topo e saiu para o convés. Ali era mais fácil respirar, mas o convés ardia todo de sol e não se sentia o menor movimento de ar, embora o navio já tremesse um pouco e, em curva lenta, se afastasse calmo dos jardins e dos campanários da margem escarpada.

— Vamos lá!

O tempo era desfavorável para o Volga. Fim de julho. O rio ainda estava raso, os navios moviam-se lentos, medindo a profundidade.

Havia pouquíssimos passageiros na primeira classe: um enorme comerciante gordo de boina e sua esposa, velha e calada; um padre, duas senhoras idosas muito desgostosas.

Platónov deu algumas voltas pelo navio.

— Que maçante!

Embora em alguns aspectos isso fosse muito conveniente. O que ele mais temia era encontrar conhecidos.

— Mas, afinal, por que está tão vazio?

E de repente, do salão do navio a vapor, ouviu-se o motivo arrojado de uma cançoneta. Um barítono rouco cantava acompanhado de um ruidoso piano de cauda.

Platónov sorriu e voltou-se para aqueles sons agradáveis.

O pequeno salão do navio estava vazio... Ao piano, decorado com um buquê de capim seco colorido, havia apenas um jovem atarracado vestindo uma *kossovorótka* azul de algodão. Estava sentado de lado na banqueta, o joelho esquerdo baixado até o chão, como um cocheiro na boleia, e abrindo audaz os cotovelos, também como um cocheiro (como se guiasse uma troica), batia nas teclas.

É preciso ser um tanto sensível
Um tanto inflexível
E ele está pronto!

Ele sacudiu a poderosa juba de cabelos claros despenteados.

E as pombinhas
São tão boazinhas
E tra-lá-lá-lá-lá
E tra-lá-lá.

Notou Platónov e deu um pulo.

— Permita que me apresente, sou Ókulov, estudante de medicina da cólera.

— Ah, sim – observou Platónov. — Por isso, há tão poucos passageiros. Cólera.

— Que cólera o quê! Bebem demais e vomitam.

Tenho viajado há algum tempo e não diagnostiquei nenhum caso.

A cara do estudante Ókulov era saudável, vermelha, mais escura que o cabelo, e tinha a expressão de alguém que se prepara para dar um soco: a boca aberta, as narinas dilatadas, os olhos esbugalhados. Como se a natureza o tivesse fixado nesse penúltimo momento e deixasse o estudante seguir o resto da vida assim.

— Sim, meu caro amigo – disse o estudante. — O tédio está patenteado. Nem uma única senhora. Fica sentado, mas é tamanho o fastio que a náusea se faz em águas paradas. E o senhor, viaja por prazer? Não vale a pena. O rio é um lixo. Um calorão, uma morrinha. O capitão – só o diabo sabe – deve ser um bebum, porque não toma vodca à mesa. A mulher dele é uma menina – estão casados há quatro meses. Tentei com ela numa boa. Uma bobona, a cabeça até estala. Inventou de me ensinar. "Das jubilosas, ociosas tagarelices"[1], e "faça o bem para o povo"[2]. Imagine

---

1 Verso do poema elegíaco *Rytsar na tchas* [Cavaleiro por uma hora] (1862), de Nikolai Nekrássov (1821-1878).

2 Citação imprecisa do filósofo e poeta persa-usbeque Alicher Navói (1441-1501).

só: uma mulher mandona! Veja, veio de Viátka[3] com pedidos e volteios mentais. Ela disse não e foi embora. E esta cançoneta, conhece? É muito bonita:

Das minhas flores
Um divino aroma...

Cantam em todos os cafés.

Virou-se rapidamente, sentou-se "na boleia", balançou a juba desgrenhada e cantou.

Pobre mãezinha
Ah, o que é...

"Mas que médico!", pensou Platónov, e foi perambular no convés.

—

Na hora do almoço os passageiros rastejaram para fora. O mesmo comerciante mastodonte com a esposa, as velhas chatas, o padre, mais uns dois mercadores

3 Antigo nome da cidade de Kírov.

e uma pessoa com longas madeixas, roupas de linho sujas, pincenê de cobre e jornais nos bolsos salientes.

Almoçaram no convés, cada um em sua mesinha. O capitão também veio, cinzento, inchado, taciturno, com uma jaqueta surrada de linho. Com ele, uma menina de uns 14 anos, roliça, com uma trança torcida, num vestido de algodão.

Platónov já tinha terminado sua tradicional *botvínia*[4], quando o médico se aproximou de sua mesa e gritou para o criado:

— Traga meus talheres para cá!

— Por favor, por favor! – convidou-o Platónov. — Fico muito feliz.

O médico sentou-se. Pediu vodca e arenque.

— Pés-simo rio! – ele começou a conversa. — "Volga, Volga, caudaloso na primavera, assim não inundas o campo"... Assim não. O intelectual russo sempre ensina alguma coisa. O Volga, você vê, não inunda assim. Ele sabe bem como é preciso inundar.

— Com licença – disse Platónov –, parece que o senhor está confundindo alguma coisa. No entanto, não me lembro bem.

---

4 Sopa fria tradicional da culinária russa.

— Sim, eu mesmo também não lembro – o estudante concordou bem-humorado. — E o senhor viu nossa boboca?

— Que boboca?

— A mandona. Lá está ela sentada com o capitão. Não olha para cá de propósito. Indignada com a minha "natureza de cabaré".

— Como? – Platónov ficou surpreso. — Aquela menina? Ora, ela não deve ter mais de 15 anos, senhor.

— Não, um pouquinho mais. Dezessete, talvez. E ele é bom? Eu disse a ela: "É como estar casada com um texugo. Como o pope concordou em casá-los?". Ha-ha! Um texugo com um pequeno inseto! Então, o que acha? Ofendeu-se! Que boboca!

—

A noite foi tranquila, rósea. Acenderam as lanternas coloridas nas boias, e magicamente o vapor deslizou entre elas sonolento. Os passageiros dispersaram-se cedo para suas cabines, apenas no convés inferior os serradores-carpinteiros ainda estavam muito ocupados, e um tártaro choramingava uma canção como um mosquito.

Um leve xale branco que o vento tremulava na proa atraiu Platónov.

A pequena figura da esposa do capitão encostou-se no corrimão e não se moveu.

— Está sonhando? – perguntou Platónov.

Ela estremeceu, envolveu-se no xale, assustada.

— Oh! Pensei que fosse de novo aquele...

— Pensou que era aquele médico, não é? Realmente, um tipo vulgar.

Então ela virou para ele seu delicado rostinho magro com olhos enormes, cuja cor já era difícil discernir.

Platónov falava num tom sério, que inspirava confiança. Censurou severamente o médico por suas cançonetas. Até expressou surpresa pelo fato de que ele pudesse se ocupar de tais vulgaridades, quando o destino lhe tinha dado total capacidade de servir à causa sagrada de ajudar a humanidade sofredora.

A pequena esposa do capitão virou-se completamente para ele, como uma flor ao sol, e até abriu a boca.

A lua surgiu, bem jovem, ainda sem irradiar o brilho, apenas pendurada no céu como um enfeite. O rio marulhava um pouco. As florestas da margem escarpada escureciam. Silêncio.

Platónov não queria ir para a cabine abafada e,

para manter perto de si aquele amável, um tanto esbranquiçado rosto noturno, continuou a falar, falava sobre os assuntos mais elevados, às vezes até envergonhando-se de si mesmo.

— Mas que bobagens saudáveis!

A aurora já roseava quando, sonolento e com a alma comovida, ele foi dormir.

—

O dia seguinte foi o fatídico 23 de julho, quando Vera Petróvna – apenas por algumas horas da noite – deveria embarcar no vapor.

Sobre esse encontro, planejado ainda na primavera, ele já havia recebido uma dúzia de cartas e telegramas. Foi necessário conciliar sua viagem de negócios para Sarátov com a dela em visita à propriedade de amigos. Combinaram um maravilhoso encontro poético do qual ninguém nunca ficaria sabendo. O marido de Vera Petróvna estava ocupado com a construção de uma destilaria e não podia acompanhá-la. Tudo corria conforme o planejado.

O encontro iminente não entusiasmava Platónov. Ele já não via Vera Petróvna fazia três meses, e para o flerte isso é muito tempo. Desgasta. Mas mesmo assim o encontro prometia ser agradável, como uma distração, uma pausa entre os assuntos complicados de Petersburgo e os desagradáveis encontros de negócios que o aguardavam em Sarátov.

Para encurtar o tempo, foi se deitar imediatamente após o café da manhã e dormiu até as cinco horas. Penteou-se cuidadosamente, espalhou água-de-colônia, arrumou sua cabine por via das dúvidas e saiu para o convés para verificar se o cais estava próximo. Lembrou-se da esposa do capitão, buscou-a com os olhos, não encontrou. Bem, agora ela não vinha ao caso.

No pequeno cais, havia uma carruagem, agitavam-se alguns cavalheiros e uma dama de vestido branco.

Platónov decidiu que, por via das dúvidas, seria mais sensato esconder-se. Talvez o próprio marido estivesse se despedindo. Foi para trás da chaminé e saiu quando o cais já estava fora de vista.

— Arkádi Nikoláievitch!

— Querida!

Vera Petróvna, vermelha, com os cabelos grudados na testa – "18 verstas neste calorão!" –, ofegante pela agitação, apertou a mão dele.

— Que loucura... loucura... – repetiu ele sem saber o que dizer.

De repente, atrás dele, um grito de alegria vindo de uma voz desagradavelmente familiar:

— Titia! Mas que surpresa! Para onde vai? – bradou o estudante da cólera.

Ele afastou Platónov com o ombro e, avançando sobre a senhora confusa, deu-lhe um beijo na bochecha.

— Este... deixe-me apresentar... – ela balbuciou com uma expressão de desespero – este é o sobrinho do meu marido. Vássia Ókulov.

— Sim, já nos conhecemos muito bem – divertiu-se bem-humorado o estudante. — E sabe, titia, a senhora engordou bem no campo! Por Deus! Que ancas! Parece uma pilastra!

— Ah, pare! – balbuciou Vera Petróvna quase chorando.

— Eu não sabia que se conheciam! – o estudante continuou se divertindo. — Ou talvez tenham se encontrado de propósito? Um *rendez-vous*? Ha, ha, ha! Vamos, titia, vou lhe mostrar sua cabine. Até logo, *monsieur* Platónov. Vamos jantar juntos?

A noite inteira ele não se afastou nem um passo

da infeliz Vera Petróvna. Foi só no jantar que ele teve a brilhante ideia de ir ao bufê reclamar da vodca quente. Esses poucos minutos mal foram suficientes para expressar o desespero e o amor e a esperança de que talvez o patife se acalmasse à noite.

— Quando todos estiverem dormindo, venha para o convés, para a chaminé, estarei esperando – sussurrou Platónov.

— Cuidado, pelo amor de Deus! Ele pode fazer fofoca com meu marido.

A noite acabou sendo muito maçante. Vera Petróvna estava nervosa. Platónov irritou-se, e ambos, durante toda a conversa, tentaram deixar claro para o estudante que tinham se encontrado totalmente por acaso e que ficaram muito surpresos com tal circunstância.

O estudante divertia-se, cantava cançonetas estúpidas e se achava o rei da festa.

— Bem, agora é dormir, dormir, dormir! – ordenou ele. — Amanhã a senhora tem que acordar cedo, nada de se cansar. Sou responsável pela senhora perante o titio.

Vera Petróvna apertou significativamente a mão de Platónov e saiu escoltada pelo sobrinho.

Uma leve sombra esgueirou-se do parapeito. Uma voz baixinha chamou, Platónov rapidamente se virou e caminhou até sua cabine.

— Agora "essa" também vai amolar – pensou ele sobre a pequena esposa do capitão.

Depois de esperar meia hora, saiu em silêncio para o convés e dirigiu-se à chaminé.

— A senhora?

— Eu!

Ela já o estava esperando, mais bela na penumbra enevoada, envolta num longo véu escuro.

— Vera Petróvna! Querida! Que horror!

— É horrível! É horrível! – ela começou a sussurrar. — Quanto trabalho para convencer o meu marido! Ele não queria que eu fosse sozinha para a casa dos Severiákov, tem ciúme de Michka. Queria ir em junho, eu fingi estar doente... Foi tudo tão difícil, foi tanto tormento...

— Ouça, Vera querida! Vamos para a minha casa! Palavra de honra que lá é mais seguro. Vamos ficar bem quietinhos, sem acender o fogo. Apenas beijarei seus lindos olhos, apenas ouvirei a sua voz. Afinal, por tantos meses eu a ouvi apenas em sonho. Sua voz! Por acaso é possível esquecê-la? Vera! Diga-me qualquer coisa!

— O-i-io-io! – cantou de repente sobre eles uma voz de baixo rouca.

Vera Petróvna saltou rápido para o lado.

— O que é isto? – continuou o estudante, porque, óbvio, foi ele... — Neblina, umidade, como se pode ficar sentado à noite no rio? Ai-ai-ai! Ai, titia! Olha que eu vou contar tudo para o titio. Dormir, dormir, dormir! Não, não! Arkádi Nikoláievitch, mande-a dormir! Vai pegar friagem na barriga e apanhar cólera.

— Sim, eu vou, já estou indo! – murmurou Vera Petróvna com voz trêmula.

— Arriscar assim! – o estudante não parava. — Umidade, neblina!

— E o que o senhor tem com isso? – Platónov encolerizou-se.

— Como o quê? Sou responsável por ela perante meu tio. E já é tarde. Dormir, dormir, dormir. Vou acompanhá-la, titia, e ficarei a noite toda de plantão na sua porta, senão a senhora vai cair fora de novo e com certeza vai pegar friagem na barriga.

—

De manhã, após uma despedida muito fria ("Ela ainda está chateada comigo", pensou Platónov), Vera Petróvna desceu do vapor.

À noite, uma leve silhueta de vestido claro aproximou-se de Platónov.

— O senhor está triste? – ela perguntou.

— Não. Por que acha isso?

— É que... a sua Vera Petróvna foi embora – a voz soou inesperadamente ousada, como um desafio.

Platónov riu-se:

— Ora, é a tia do seu amigo, o estudante da cólera. Ela até se parece com ele, por acaso não notou?

De repente, ela começou a rir, tão confiante, tão infantil, que tudo se tornou simples e alegre para ele também. E imediatamente aquela risada os tornou amigos, e tiveram início as conversas francas. E foi então que Platónov soube que o capitão era uma ótima pessoa e que prometera deixá-la ir estudar em Moscou no outono.

— Não, não vá para Moscou! – interrompeu-a Platónov. — A senhora precisa ir para Petersburgo.

— Por quê?

— Como por quê? Porque eu estou lá!

Ela pegou a mão dele com suas próprias mãozinhas magras e riu de felicidade.

No geral, a noite foi maravilhosa. E já de madrugada uma figura corpulenta surgiu de trás da chaminé e chamou bocejando:

— Marussiónok, meia-noite! É hora de dormir.

Era o capitão.

E passaram mais uma noite no convés. A lua crescente mostrou a Platónov os enormes olhos de Marússenka[5], inspirados e luminosos.

— Não se esqueça do meu número de telefone – disse ele àqueles olhos magníficos. — A senhora nem precisa dizer o seu nome. Eu a reconhecerei pela voz.

— É mesmo? Não é possível! – ela sussurrou admirada. — Será que vai reconhecer?

— A senhora vai ver! E por acaso é possível esquecer-se dela, de sua voz suave? Apenas diga: sou eu.

E que vida maravilhosa começaria depois desse telefonema! Teatros, é claro, os mais sérios – palestras acadêmicas, exposições. A arte é de grande importância... E a beleza. Por exemplo, a beleza dela...

E ela ouviu! Como ouviu! E, quando algo a impressionava muito, ela dizia "é mesmo!" de um jeito tão doce, tão especial.

---

5 Marússenka e Marussiónok são apelidos de Marússia ou Maria.

De manhã cedo ele desembarcou em Sarátov. No cais, já o esperavam empresários chatos, fazendo caras estranhamente amigáveis. Platónov pensou que uma dessas caras amigáveis teria de ser condenada por desfalque, a outra, expulsa por vagabundagem, e já preocupado e zangado de antemão começou a descer a rampa. Virando-se casualmente, viu-a junto ao peitoril... Ela semicerrava os olhos no rosto sonolento e apertava os lábios com força, como se temesse cair no choro, mas seus olhos resplandeciam tão enormes e felizes que ele não pôde deixar de sorrir para eles.

—

Em Sarátov, os negócios inundaram a tarde, à noite o delírio de bêbado. No cabaré Otchkin, que ribombava por todo o Volga com as farras dos comerciantes, houve, como deve ser, uma noite de homens de negócios. Cantaram corais ciganos, húngaros, russos. Um famoso comerciante do Volga zombava dos criados. Servindo 48 taças, o criado derramou sem querer na toalha.

— Você não sabe servir, seu canalha!

O comerciante arrancou a toalha, os estilhaços começaram a tilintar, o tapete e as cadeiras foram alagados por champanhe.

— Sirva outra vez!

Cheiro de vinho, fumaça de charuto, burburinho.

— Ritka! Ritka! – cantaram as húngaras com voz rouca e sonolenta.

Ao amanhecer, ouviu-se um urro selvagem, como de algum tipo de carneiro, vindo do escritório vizinho.

— O que é isso?

— O sr. Apolóssov está se divertindo. No final eles sempre reúnem todos os garçons e fazem-nos cantar em coro.

Dizem que esse Apolóssov, um modesto professor rural, comprou parcelado de Henri Blok um bilhete premiado e ganhou 75 mil. E, assim que recebeu o dinheirinho, não saiu mais do Otchkin. Agora o capital está chegando ao fim. Quer deixar ali até o último copeque. Esse é o sonho dele. E, então, pedirá para voltar ao antigo posto, viverá até o fim como professor rural e se lembrará da vida luxuosa, de como os garçons cantavam para ele em coro ao amanhecer.

— Bem, onde além da Rússia e da alma do homem russo você encontrará tal "felicidade"?

—

O outono se foi. Começou o inverno.

O inverno de Platónov começou difícil, com várias histórias desagradáveis nas relações comerciais. Tinha de trabalhar muito, e o trabalho era tenso, nervoso e exigia responsabilidade.

Então, como se esperasse uma visita importante, estava sozinho em seu escritório. Tocou o telefone.

— Quem fala?

— Sou eu! – respondeu alegremente uma voz feminina. — Eu! Eu!

— "Eu" quem? – perguntou Platónov irritado. — Desculpe-me, estou muito ocupado.

— Sim, eu. Sou eu! – respondeu de novo a voz, e acrescentou surpresa: — Por acaso o senhor não está me reconhecendo? Sou eu.

— Ah, minha senhora – disse Platónov aborrecido. — Garanto-lhe que agora não tenho absolutamente tempo nenhum para charadas. Estou muito ocupado. Por gentileza, seja direta.

— Quer dizer então que o senhor não reconheceu a minha voz? – respondeu a interlocutora com desespero.

— Ah! – adivinhou Platónov. — Ora, mas é claro que reconheci. Como eu poderia não reconhecer a sua doce voz, Vera Petróvna!

Silêncio. E em seguida, baixinho e triste, triste:

— Vera Petróvna? Bem... Se é assim, então está bem... Para mim não é necessário...

De repente, ele se lembrou:

Pois é a pequena! A pequena do Volga! Meu Deus, o que foi que eu fiz! Ofender a pequena assim!

— Reconheci! Reconheci! – gritou ao telefone, surpreso com sua própria alegria e desespero. — Graças a Deus! Graças a Deus! Mas é claro que reconheci.

Mas ninguém respondeu.

E o tempo não mais existia

"Falta a última até a manhã."

Que frase é essa? Passo o tempo repetindo-a. Grudou na cabeça. Já estou farta. Mas isso me acontece com frequência. Seja uma frase ou um motivo. E atormenta.

Abro os olhos.

A velha de joelhos acende o forno. As lascas crepitam.

E meu forno estala,
Iluminando no canto a cama atrás da cortina.

Quantas vezes eu cantei isso.

Em minha cama, a cortina está amarrada, transluzem rosas de viva cor escarlate.

A velha, vestindo um xale marrom e um lenço escuro na cabeça, estava toda encurvada feito uma bola, assoprava as lascas, ribombava o ferro. Pela janelinha vejo o sol brincar no vidro enregelado.

Os raios começam a brincar com o gelo...

Tudo como na canção. E depois? Ah, sim:

O samovar ferve sobre a mesa de carvalho...

Sim, aqui está o samovar, fervendo num canto da mesa. O vapor sobe pela tampa. Ferve, canta.

Um galo caminha ao longo de um banquinho. Aproximou-se da janela, virou a cabeça para o lado, mirou e estalou as garras. Seguiu adiante.

Mas onde está o gato? Sem o gato não consigo viver. Lá está ele, em cima da mesa, atrás do samovar, se aquecendo, olhos semicerrados. Gordo, ruivo.

Alguém bateu no saguão de entrada. Sacode a neve da bota de feltro. Bate as botas levemente. A velha levantou-se com dificuldade, caminhou cambaleante até a porta. Não vejo o seu rosto, mas, na verdade, tanto faz, eu já a conheço...

Pergunto:

— Quem chegou?

Responde:

— Aquele lá, como ele...

Ouço uma conversa. Da soleira, a velha fala:

— Ora, podemos assar.

E em suas mãos, de cabeça para baixo, uma ave enorme, preta, com uma fronte gorda e vermelha. Um tetraz. Trazido por um caçador.

Preciso me levantar.

Junto de minha cama estão *válenki*[1] brancas. Encantadoras *válenki* brancas. Muito tempo atrás, a companhia de cinema de Khanjónjov organizou em Petersburgo uma caça para um grupo de atores, escritores e seus amigos. Levaram-nos para a cidade de Tosno, pela neve dura e branca, para caçar alce. Almoços demorados com champanhe, era alegre. De manhã cedo andávamos de trenó na ourela da floresta. Gostava tanto das minhas *válenki* brancas de esquiar, de bico pontiagudo. Lembro-me do meu

---

1 Botas de inverno feitas de feltro.

chapéu branco. Na neve, não se veem nem pernas nem cabeças. Nenhum animal consegue identificar que eu sou um ser humano. Eu mesma inventei esse truque de caça.

Algum responsável nos postou nos lugares designados. Estava proibido fumar e conversar. Mas resolvemos que um pouquinho podia. Estava com o escritor Fiódorov. Dava para ouvir "a-a-a...", o grito dos batedores. Depois ficou claro que os alces estavam se aproximando, olharam para nós pela moita e foram embora. Não gostaram de nós. Em vez de alces, pulavam lebres. Uma delas bem na minha direção. Não corria rápido, mas astutamente de um arbusto a outro, sem escapulir nem se esconder. De repente, Fiódorov ergueu a espingarda e mirou. Eu gritei: "Não se atreva!", abri os braços e pulei na frente do cano da espingarda. Ele berrou ainda mais alto, algo como "id-id-id", devia ter a palavra "idiota" entalada na garganta. "Eu bem que poderia te matar de uma vez!" Mas tudo bem ele ter berrado. Naquela caça, o principal era salvar a lebre. E as *válenki* brancas, estreitas e confortáveis saltitaram na neve.

Depois elas desapareceram. Foram roubadas, e o marido da criada, um bêbado desempregado, vendeu para beber. E agora as *válenki* estão de novo comigo. Bem aqui, junto à cama. Deslizei os pés para dentro delas e fui para o quartinho me vestir.

No quartinho, havia uma janela pequena e estreita, na parede um espelhinho. Olho-me. Pareço estranha. Meu rosto parece uma fotografia infantil. Verdade, como se eu tivesse 4 anos. Um sorriso travesso, com covinhas. Já os cabelos, aparados, com franja, claros, emolduravam a cabeça. Eram assim quando eu passeava com a babá pelo bulevar Novínski. Sei bem como eu era. Quando descíamos pela escada principal, um grande espelho no patamar refletia uma garota com casaco de pele de cordeiro, polainas brancas e um capuz branco com fita dourada. E, quando a garota erguia alto a perna, dava para ver as calças vermelhas de flanela. Naquela época todas as crianças usavam essas calças vermelhas. Atrás de seus ombros refletia-se o mesmo corpo, só que um pouco menor e mais largo. A irmã mais nova.

Lembro que estávamos brincando no bulevar, umas meninas pequeninas. Um senhor e uma dama pararam, olharam para nós, sorriram.

— Gostei desta de touquinha – disse a dama, apontando para mim.

Achei interessante ter agradado e imediatamente arregalei os olhos e fiz um bico com os lábios: olha só que maravilha eu sou. Os dois, o senhor e a dama, sorriram longamente para mim.

Lá mesmo, no agradável bulevar Novínski, tagarelava um garoto grande, de uns 8 anos; não era um bom menino, travesso e brigão. Arkacha. Ele deu um jeito de passar por cima do encosto do banco, empinou o nariz todo metido e mostrou a língua para mim. Levantei-me, sem ter medo do grandão, e provoquei bem alto:

— Arkacha papa! Arkacha papa!

E ele respondeu:

— Já você é uma caquinha.

Eu não tinha medo e sabia que sempre faria esses tontos de ridículos, não importava quão grandes eles fossem.

Houve também o orgulhoso momento do primeiro triunfo da minha ambição. Tudo isso naquele mesmo bulevar. Estávamos passando em frente à minha casa, e a babá apontou para a varanda. Lá havia uma figura gorda e baixa.

— Veja, olha só, Elvira Kárlovna saiu para tomar um ar.

Era nossa *bonne*[2]. Mas nós, pequenos, a chamávamos apenas de "mulher", já que o nome dela era muito difícil para nós. De repente, eu criei coragem:

— Irvirkarna! – gritei. Não "mulher", mas como uma menina grande. — Irvirkarna! – a plenos pulmões para que todos ouvissem que sei falar como uma menina grande. — Irvirkarna!

Ou seja, eu era ambiciosa. Com os anos isso passou. Uma pena. A ambição é um forte motor. Se tivesse conservado, talvez vociferasse algo para o mundo inteiro ouvir.

Como era tudo maravilhoso naquele bulevar. Por algum motivo, era sempre o começo da primavera. A água descongelada gorgolejava pelas valas, como se estivessem servindo-a de um frasco estreito e ela tivesse um odor tão inebriante que dava vontade de rir e bater os pés; a areia molhada reluzia em cristaizinhos, como grãos miúdos de açúcar, e dava vontade de colocar na boca escondido e mastigar; minhas luvas tricotadas se enchiam de ar. Ao lado, na calçada, um fino talo verde despontava e trepidava. As nuvens do

2 "Criada." Em francês no original.

céu giravam em carneirinhos, como na imagem do meu livro sobre a Polegarzinha. E os pardais se agitavam, as crianças gritavam, e tudo isso era observado junto e ao mesmo tempo, tudo de uma vez, e manifestado numa única exclamação: "Não quero ir para casa!".

Nessa época eu tinha esses cabelos curtos e claros. De repente, eles de novo. Estranho. Não, o que tem de estranho? Nessa casinha em que o galo caminha em cima de um banquinho, isso é muito simples.

Então, agora, vestirei o chapéu – aquele que usei na caça – e vou correr para esquiar.

Saí para o terraço. Lá estavam os esquis apoiados na parede. Nada da velha ou daquele caçador. Enfiei vigorosamente os pés nas tiras, peguei os bastões, tomei impulso e esquiei até o declive.

Sol, raros flocos secos de neve. Eles caem na manga e não derretem, mas voam como um cristal espesso. Como me sinto leve. O ar me segura, a felicidade me carrega. Eu sempre soube e muitas vezes disse que a felicidade não é sucesso, não é êxito, a felicidade é apenas um sentimento que em nada se baseia, que por nada se explica.

Pois bem, lembro que era cedo pela manhã. Havia passado a noite toda de joelhos, massageando a perna de um paciente grave. Estava toda congelada e tremia de pena e fadiga quando voltava para casa. Então, ao passar pela ponte, detive-me. A cidade estava acabando de despertar. A avenida marginal estava vazia. Apenas uma governanta – daquelas que provavelmente não se veem em parte alguma a não ser em Paris: jovem, ágil, apertada em uma cinta vermelha, vestindo meias rosa – pescava com uma vara longa trapos furados em latas de lixo. O céu, ainda sem sol, ficava ligeiramente rosado a leste, e uma leve fumaça de chumbo, como uma mancha esbatida de lápis, indicava o local onde os raios irrompiam. A água embaixo não corria, como era de esperar, mas girava como que em funis planos, como se tudo estivesse no mesmo lugar. Valsava. E um tinido baixo vibrou alegre no ar, talvez o tinido do meu cansaço. Não sei. De repente, fui traspassada por um sentimento inefável de felicidade: maravilhoso, chegava a doer o peito, até as lágrimas. Cambaleante de cansaço, rindo e chorando, eu cantei:

Por onde quer que eu vagueie na primavera perfumada...

Pelas costas, um sussurro. O caçador. Aqui estava ele, ao meu lado. O rosto dele era familiar, assim como seu talhe e movimentos. Os protetores de orelha estavam abaixados, só se via seu perfil. Quem será?

— Ouça – eu digo –, de fato, eu o conheço.

— Mas é claro – ele diz.

— Só que não consigo me lembrar exatamente.

— E nem precisa. Que diferença faz para a senhora? Justamente lembrar não é necessário...

— Espere – eu digo. — O que é que está me atormentando? É uma frase... "Falta a última até a manhã." O que pode ser? Algo repugnante.

— Ora, não precisa, não precisa – ele diz.

Fazia tempo que eu andava doente e tenho memória ruim. Mas me lembro, escrevi: quero ouvir mais uma vez a abertura de *Lohengrin*, conversar com um sujeito notável e ver o sol nascer. Mas tanto *Lohengrin* quanto o nascer do sol eram agora para mim fortes demais. Compreende? O sujeito notável partiu. Ah, eu me lembro do último nascer do sol, em algum lugar na França. A aurora vermelhejava, despejava-se em um toque vinho. O sol vai nascer agora. As aves estão agitadas, gorjeiam, gritam. Um passarinho repete sonora e insistentemente em francês: "*Vite, vite, vite...*"[3].

---

3 "Rápido, rápido, rápido..." Em francês transliterado no original.

Apressa o sol. Está farto de esperar. Eu respondo para ele, reprovando o sol, em francês, é claro, já que o passarinho é francês: "*Il n'est pas pressé*"[4]. De repente, ele emerge: redondo, amarelo, como que ofegante e envergonhado por ter se atrasado. O principal: não onde eu o esperava e apontava, mas bem mais à esquerda. Os mosquitos saíram voando, os pássaros se calaram e partiram para a caça.

É muitíssimo engraçada a poética invenção de que os passarinhos recebem com um hino entusiasmado o nascer do astro majestoso. Em geral, é um povo irrequieto, tagarela. Despertam no meio dessa azáfama, e do mesmo jeito vão se deitar, aqui não se consegue imaginar um hino ao astro. Lembro que em Varsóvia, em alguma praça, havia uma árvore de pardais. À noite, o público reunia-se para assistir aos pardais se ajeitarem para dormir. Eles voavam em bando, gritavam e faziam uma algazarra por toda a praça. Pela entonação do gorjeio era possível compreender se era uma briga, uma discussão, uma contenda ou uma simples tagarelice incoerente. Por fim, todos se acalmavam e os pardais se acomodavam para passar a noite.

---

4 "Ele não está com pressa." Em francês no original.

Aliás, foi em vão que eu repreendi os pássaros pela tagarelice. Cada pássaro é solto na natureza com uma frase sonora: "Cocorocó" ou "Tchivic-quivic" ou apenas "Cuu-cuu". Emita esses simples sons para ser compreendido. Quanto tempo é preciso bicar. Imagine que nós também, as pessoas, a julgar pela espécie, pudéssemos ser lançados com apenas uma frase. Alguém diria: "O maravilhoso Dnipro com clima tranquilo". Outro: "Que horas são? Que horas são?". Um terceiro: "O ângulo de incidência é igual ao ângulo de reflexão". Tente, usando uma dessas frases, extasiar-se com a *Madona Sistina*, falar sobre a fraternidade dos povos e pedir dinheiro emprestado. Aliás, pode ser que as coisas aconteçam exatamente assim conosco, só que nós não nos damos conta.

Ah, o nascer do sol, o nascer do sol. Como são variados, como eu os amo a todos. Lembro-me de um. Esperei muito tempo por ele, por algum motivo estava terrivelmente atrasado. No leste havia uma faixa cinza-escura ou uma leve névoa nublada. Eu, como um himiarita antigo, adorador do sol, ergui os braços e conjurei:

Sol, nosso deus! Oh, onde estais? Oh, onde estais?
Com suas flores nos vestimos

Com nossas mãos para o azul rogamos
Chamamos, invocamos, esperamos...

De repente, na névoa cinzenta tilintou um pedacinho de carvão laranja, incandesceu-se, avolumou-se e, raivoso, vermelho-cobre, ergueu sua face lentamente, flamejando em fúria, tremendo e execrando. Veja o tipo de nascer do sol que existe...

E ainda houve outro, muito divertido.

Súbito, no ponto cinzento, enfiou-se um buraquinho vermelho. Como se fosse um furo na cortina do teatro, por meio do qual os atores olham para ver se há público suficiente na plateia. Por esse furinho celestial espiou um olho amarelo ardente e escondeu-se. Um segundo depois, como que decidido – está na hora! –, o sol saltou. E aquilo resultou muito divertido.

Já o pôr do sol é sempre triste. Pode ser esplêndido, suntuoso como a vida rica do tsar da Assíria, mas é sempre triste e solene. É a morte do dia.

Dizem que tudo na natureza é sábio: a cauda do pavão trabalha para a continuação da espécie, a beleza das flores atrai a abelha para a polinização. Qual a sábia finalidade da triste beleza do pôr do sol? A natureza foi gasta em vão.

O caçador está novamente ao meu lado.

— Onde está sua espingarda?

— Está aqui.

De fato, vejo a espingarda em suas costas.

— E o cachorro?

— Aqui está o cachorro.

E o cachorro saiu correndo de algum lugar pela lateral. Tudo igual à encomenda.

É preciso dizer algo ao caçador.

— O senhor gosta da minha casinha? Sabe, quando escurecer nós acenderemos o lampião.

— A babá vai acender? – ele perguntou.

— Babá? Ah, sim, realmente a velha é a babá – eu me recordo.

A babá... Ela morreu em um asilo. Estava velhinha. Quando eu a visitava, costumava me perguntar:

— Que netinhos são esses? Essa gente do campo vem até mim e diz: "Somos seus netinhos, vovó".

Expliquei:

— São filhos da sua filha Malacha.

Malacha trabalhava como criada em nossa casa quando eu era pequena.

Lembro com uma clareza assustadora. No peitoril havia agulhas espalhadas, e eu as olhava com as mãos. Elas me agradavam terrivelmente. Alguém diz:

— Liulia espalhou as agulhas.

Eu ouço, mas não compreendo que Liulia sou eu. Depois me levantam, eu toco ombros rechonchudos, apertados em uma chita rosa. Aquela, eu sei, é Malacha. Por toda a vida fui apaixonada por agulhas, e tudo o que era pontiagudo e brilhante. Talvez tivesse me apaixonado na época em que ainda não compreendia que Liulia era eu. Falávamos da babá. Estava velhinha. Agora ela está ali, na casinha. À noite acende a lamparina, as pequenas janelas brilham alaranjadas na rua, e uma raposa vem da floresta. Aproxima-se da janela e canta. O senhor já deve ter ouvido uma raposa cantar, não? É absolutamente magnífico. É claro, não é Patti[5] ou Chaliápin, mas muito mais interessante. Canta de um jeito meigo, falso, é como se enfeitiçasse, baixinho-baixinho, mas audível. O galo fica do lado de lá, em cima do banco, a penugem reluz um tom

5 Adelina Patti (1843-1919), filha de italianos, nascida em Madri, foi uma das mais célebres sopranos do século XIX.

carmesim dourado sob a luz. De perfil, fingindo que não está escutando. E a raposa canta:

Galinho, galinho,
Dourado penachinho
Barbicha penteada,
Cabeça oleada
Olhe pela janela

Ele bate com as garrinhas no banco e vai embora. O senhor tem que ouvir ao menos uma vez como uma raposa canta.

— Canta à noite – diz o caçador –, e a senhora não gosta da noite.

— Como o senhor sabe? Faz tempo que o senhor me conhece? Por que é que não me lembro direito do senhor e, no entanto, estou certa de que o conheço bem?

— Não dá na mesma? – ele respondeu. — Digamos que eu seja apenas uma pessoa coletiva de sua vida pregressa.

— Mas, se o senhor é uma pessoa coletiva, por que é um caçador?

— Porque todas as meninas da sua geração foram

apaixonadas pelo tenente Glahn de Hamsun[6]. E depois passaram a vida inteira procurando o tal Glahn. Procuravam coragem, honestidade, orgulho, fidelidade, uma paixão profunda, mas contida. Não é mesmo? Não pode negar.

— Espere. O senhor disse que eu não gosto da noite. Isso é verdade. Por quê? Não dá na mesma? Tiútchev explicou; deve ser assim.[7] Que saudade das estrelas. "As estrelas falam da eternidade." É isso que é o horror. Acredita-se que se uma pessoa em sofrimento olha para as estrelas, que falam sobre a eternidade, ela sentirá imediatamente sua insignificância e se tranquilizará. É isso que eu não entendo. Por que uma pessoa ofendida se agrada com sua humilhação definitiva: sentir-se insignificante? Além da desgraça, da melancolia e do desespero, recebe ainda o último golpe: uma escarrada da eternidade. Você é um pulgão. Console-se e se alegre por ocupar ao

---

6 Tenente Glahn, personagem do romance *Pan*, do escritor norueguês Knut Hamsun (1859-1952). O protagonista Tomas Glahn é um caçador e ex-militar que vive em uma cabana com seu cachorro Aesop.

7 Referência ao poema *Dia e noite* (1839), de Fiódor Ivánovitch Tiútchev (1803-1873), poeta e diplomata russo.

menos esse lugarzinho asqueroso no mundo. Olhamos para o céu estrelado como um camundongo olha por uma frestinha para um suntuoso salão de baile. Música, fogos, uma visão resplandecente. Estranhos movimentos ritmados em círculo, de aproximação, de afastamento, causados por motivo desconhecido e objetivos incompreensíveis. Belo e terrível, muito, muito terrível. Talvez se possa calcular quantos círculos faz determinada visão resplandecente, mas compreender seu sentido é impossível, e isso é terrível. Aquilo que não compreendemos sempre sentimos como hostil, como uma força cruel e sem sentido. Camundongo, é bom que "eles" não nos vejam, que no luxo "deles", na vida terrível e solene "deles" nós não desempenhemos nenhum papel. O senhor já notou que as pessoas não têm coragem de conversar quando olham para o céu estrelado?

— E ainda assim as estrelas falam da eternidade – disse o caçador.

— Eternidade! Eternidade! Que horror é isso! Que palavra horrível é "sempre"? Assim como a palavra "nunca", com a mesma eternidade. Por algum motivo temos mais medo da palavra "nunca", embora ela seja igual a "sempre". Talvez isso se deva ao elemento negativo, que todos entendem como proibição, como algo abominável. Mas já chega de falar disso, senão vou me entristecer. Certa vez falamos de como é impossível imaginar a eternidade. Havia um garotinho conosco, e ele logo decidiu: "É muito simples", ele diz. "Imagine um cômodo, atrás dele outro, e depois um quinto, um décimo, um vigésimo, um centésimo, um milionésimo, e mais, e mais... Você vai se fartar e cuspir, que vá para o diabo. É isso que é a eternidade."

— Mas que confusão – o caçador balançou a cabeça. — Eternidade, desespero estrelado, raposa que canta, garotinho tagarela.

— Já para mim é tudo muito claro. Quero falar sem lógica, sem coerência, como vier. Como acontece depois da morfina.

— Justamente como depois da morfina – disse o caçador. — Afinal, essa sua casinha nunca existiu. A senhora apenas gostava de desenhá-la.

— Ouça, estou cansada, estou doente: não dá na mesma? A gente passa a vida toda inventando. Por acaso as pessoas não inventam? Por acaso são todas como elas se nos apresentam, ou melhor, como nós as imaginamos? Certa vez tive um sonho. Fui à casa do homem que eu amava. Fui recebida por sua mãe e irmã, receberam-me com frieza e ficaram repetindo que ele estava ocupado e não me deixavam ir vê-lo. Decidi ir embora. Ao sair, vi-me no espelho e soltei um gemido. Estava com o rosto gordo, inchado, olhinhos miúdos e vesgos, um chapéu de contas na cabeça, como os que usavam as pequeno-burguesas de antigamente, uma capa marrom sobre os ombros e um xalezinho sebento ao redor do pescoço curto.

— Meu Deus! Por que estou assim?

E então eu compreendi. Naquela casa eu era vista assim. E agora eu sei: é impossível encontrar duas pessoas no mundo que tenham visto uma terceira do mesmo jeito.

— A senhora dá muita importância aos sonhos – disse o caçador.

— Oh, sim. Sonhos são como a vida. Eu vi e passei por muita coisa linda, maravilhosa, extraordinária e nem tudo eu conservei na memória, e nem tudo entrou como componente necessário da alma tanto quanto dois ou três sonhos, sem os quais eu não seria quem sou. Como o sonho impressionante que tive aos 18 anos. Por acaso eu seria capaz de esquecê-lo? Nele toda a minha vida foi profetizada. Sonhei com uma série de cômodos, vazios, escuros. Eu ficava abrindo as portas, passava de um cômodo a outro, procurava a saída. Em algum lugar ao longe, uma criança chorava e se acalmava. Levaram-na embora. Continuo caminhando, tristonha e, enfim, a última porta. Enorme, pesada. Com estranha dificuldade, usando todo o peso do corpo, abro-a. Enfim estou livre. Diante de mim uma planície infinita, melancolicamente iluminada por uma lua enevoada. Uma lua tão pálida, do tipo que só se vê durante o dia. Mas na opaca distância algo reluz, move-se. Fico feliz. Não estou só. Alguém está vindo em minha direção. Ouço um pesado tropel de cavalo. Finalmente. O tropel se aproxima, e um enorme pangaré descarnado e branco, rugindo o esqueleto, traz para mim um caixão branco e cintilante de brocado. Trouxe e deteve-se... Realmente esse sonho é toda a minha vida. É possível esquecer o mais vivo episódio, a mais extraordinária reviravolta do destino, mas um sonho desses não se esquece. E eu não esqueci. Se minha alma for quimicamente decomposta, os cristaizinhos dos meus sonhos serão encontrados na análise como elementos necessários de sua essência. E os sonhos revelam muita, muita coisa.

— Sua casinha é boa – ele interrompe. — E que bom que chegamos até ela.

— Sabe – eu digo –, hoje meus cabelos estão como quando eu tinha 4 anos. E a neve também está como naquela época. Eu gostava de colocar a cabeça no peitoril, o rosto para cima, e olhar a neve cair. Nada no mundo traz tanta paz e tranquilidade quanto a neve caindo. Talvez seja porque toda queda é sempre acompanhada por ruídos, batidas, estrépitos, e apenas a neve, essa massa branca quase sólida, cai sem fazer barulho. E traz um sentimento de tranquilidade calma, surda. Agora, em momentos de ansiedade da alma, eu imagino essa neve caindo calminha-calminha. E sempre um cristal de neve parece cair em si e se precipita de volta, para cima em zigue-zague, enfia-se no meio da multidão de cristais que novamente caem para o céu.

O caçador ficou muito tempo em silêncio, depois disse:

— A senhora disse, certa vez, que cinco portas nos retiram do horror da vida: a religião, a ciência, a arte, o amor e a morte.

— Sim, parece que disse. O senhor sabia que existe uma força terrível que só pode ser derrotada por santos e fanáticos em estado de frenesi. Essa força fecha todas as portas para a pessoa. Ela se revolta contra Deus, despreza a impotente ciência, arrefece em relação à arte, esquece-se de seu amor, e a morte, esse espantalho eterno, torna-se desejada e uma bênção. Essa força é a dor. Carrascos de todo o mundo e de todos os tempos sabiam disso. O medo da morte é superado pela razão e pela fé. O medo da dor foi vencido apenas pelos santos e fanáticos.

— E a senhora, com o que superou o medo da morte? Pela razão ou pela fé? – ele perguntou, rindo de modo estranho.

— Eu? Pela minha teoria da alma mundial. A alma é uma, é comum para todas as pessoas, animais e qualquer criatura em geral. Apenas a possibilidade de ter consciência dela e, o principal, de expressá-la externamente é que varia, devido à estrutura física de cada criatura. Um cachorro distingue bem e mal exatamente do mesmo modo que um ser humano, mas é incapaz de expressar e, claro, manifestar isso. Quem observa com atenção a vida dos animais sabe que a lei moral está alicerçada neles tanto quanto nos humanos. Lembrei-me agora de uma lebre pequena, um bicho tolo da floresta. Pegaram-na e ela logo se domesticou. O tempo todo às voltas com os proprietários, e se eles brigassem ela ficava estranhamente agitada. Corria de um para outro e não conseguia ficar em paz enquanto não se reconciliassem. A lebre amava seus amigos e queria que eles tivessem uma vida pacífica. Justamente por eles, pois ela mesma não tinha nenhum prejuízo com aquelas brigas. Atormentava-se com a maldade de um animal selvagem alheio, estranho. Era portadora de uma alma pacífica. Eis o meu sentimento da alma e, portanto, também da morte. O retorno à unidade. Essa é minha perspectiva. De fato, não se trata de matemática, impossível provar qualquer coisa aqui. Para alguns, é a perspectiva da transmigração das almas, para outros, a vida após a morte com a expiação dos pecados, os martírios eternos de contrição, para outros, como é o caso de minha babá, o diabo com ganchos. Essa é a minha. Posso falar mais sobre minha perspectiva. Vou lhe contar uma lenda. Ouça. Havia uma mulher que teve uma visão: é como se ela estivesse de joelhos e estendesse as mãos e a alma para o homem que ela amava e que já não existia. Na época ela morava em Florença, e provavelmente sob a impressão da *Anunciação*, de Simone Martini, o ar desse sonho estava transparentemente dourado, atravessado, como que traspassado por raios dourados. E nessa extraordinária luz dourada e abençoada tensão de amor havia um êxtase que uma pessoa é incapaz de suportar por mais do que um instante. Mas o tempo não mais existia, e esse instante foi sentido como a eternidade. E ele foi mesmo a eternidade, pois o tempo não mais existia. O senhor se lembra, no Apocalipse: "... E o Anjo ergueu sua mão ao céu e jurou por aquele que vive eternamente que o tempo já não existirá". Então ela entendeu, aquela mulher, que aquilo era a morte: algo pequenino, indivisível, como um ponto, um instante, quando o coração para e a respiração se interrompe, e a voz de alguém diz: "Pois morreu" – é isso que é a eternidade. E toda a inventada existência após a morte, com as torturas da consciência, o arrependimento e outros tormentos: tudo isso nós recebemos ainda em vida. Na eternidade não há o que fazer com essa ninharia. Ouça, caçador, quando eu morrer, direi a Deus: "Senhor! Manda teus melhores anjos para levar minha alma, nascida de Teu espírito, uma alma obscura, pecadora, que se rebelou contra Ti, sempre melancólica à procura de algo, sem encontrar...".

— Sem ter encontrado – corrigiu o caçador.

— Sem ter encontrado... – repeti. — "E abençoa, Senhor, o meu corpo, criado por Tua vontade, meus olhos que olhavam, mas não viam, e os lábios que empalideceram de canções e riso, e abençoa meu peito que recebeu o fruto do amor, tudo por Tua vontade, e meus pés..."

— Quantas, oh, quantas reverências – interrompeu o caçador.

— Não, não falarei assim. Direi apenas: "Abençoa, Senhor, meu corpo e liberta-o para a imortalidade da Tua terra. Amém". É assim que vou dizer.

— Mas a senhora já disse! – ele gritou alto. — A senhora já disse!

— Disse. Mas ainda não estou morrendo.

—

Meus esquis pararam. Olhei para meus pés. Já não estava com as *válenki* brancas. Calçava sapatos de cano alto, até os joelhos, de couro amarelo. Muito conhecidos. Foi com eles que fui para o front na época da guerra. Senti uma inquietação estranha.

— Não compreendo – eu disse.

O caçador calou e, de repente, inclinou-se um pouco, com um movimento tenso do corpo todo moveu os esquis e se esgueirou depressa para a frente.

Um aclive. Ele voou para o alto e desapareceu. Então surgiu longe em outra elevação.

— A-a-a! – gritei. — Volte! Não quero ficar sozinha!

Como é o nome dele? Como posso chamá-lo? Não sei. Mas para mim é insuportável ficar só.

— A-a-a-a! Estou com medo...

Mas parece que não é verdade. Não estou com medo. Acostumei-me a pensar que dá medo ficar só. Voltarei para minha casinha. Eu tenho em que consolidar a vida. Tenho a casinha que desenhei... Só que estou com frio. Frio.

— Volte! A-a-a-a-a...

— Estou aqui, estou aqui – diz uma voz perto de mim. — Não grite. Estou aqui.

Eu me viro. Não há ninguém. Tudo branco-branco ao redor. Uma neve pesada no chão. Já não aquela neve leve, alegre. Tilintam baixinho, tinem os estilhaços miúdos. Uma dor aguda na lateral. Nos olhos as pregas de um avental grosso com dois bolsos. Enfermeira.

— Pois bem – diz a voz –, última ampola. Agora só amanhã.

Dedos quentes pegam meu braço, apertam. A voz de alguém diz bem longe:

— Meu deus. Ela está mesmo sem pulso...

Ela. Quem é "ela"? Não sei. Talvez aquela pequena, com cabelos sedosos, que não compreendia que Liulia era ela.

Como é ca-a-almo.

Posfácio

Vozes de mulher: a redescoberta de Nadiéjda Téffi

RAQUEL TOLEDO

Os contos de Nadiéjda Téffi, ou apenas Téffi, como preferia a autora, chegam pela primeira vez ao Brasil em boa hora. Conhecida tanto nos círculos intelectuais quanto por leitores-operários, admirada tanto por Lênin quanto pelo tsar Alexandre II, publicada tanto na imigração quanto na União Soviética, Téffi é uma das muitas autoras que o cânone, acostumado a privilegiar os homens, escondeu. Sua obra reflete com bastante nitidez a complexidade do século XX russo, uma vez que é única no talento de unir pontos antagônicos do debate da sua época, inclusive entre seus leitores.

Com o nome de batismo Nadiéjda Aleksándrovna Lókhvitskaia, ela nasceu em 1872 numa família conhecida no meio intelectual. O pai, Aleksandr Lókhvitski, foi um importante advogado e professor no curso de Direito em São Petersburgo. A mãe era especialmente ligada à literatura e passou essa conexão especial a seus sete filhos. Não é coincidência que quatro filhas do casal tenham produzido literatura. Além de Téffi, sua irmã mais velha Mirra (Maria Lókhvitskaia) foi uma poeta conhecida na virada do século, seus poemas – muitos deles eróticos – fizeram com que fosse conhecida como a Safo russa, apelido dado por Ivan Búnin. Além dela, Varvara e a caçula Elena tiveram trabalhos literários publicados.

Téffi, na juventude, aspirava a uma carreira de artista plástica e chegou a pintar alguns quadros. Só estreou como escritora mais tarde, primeiro como poeta, seguindo os passos da irmã. Mas seu início literário se deu após alguns percalços pessoais. Em janeiro de 1892, ela se casa com o advogado de origem polonesa Vladislav Butchínski, um homem de família nobre de São Petersburgo. A primeira filha do casal nasce em novembro de 1892, na cidade de Tíkhvin. Pouco depois se mudam para outra cidade, também pequena e provinciana, Schigrí, onde nasceu Elena, a segunda filha, em 1894. No ano seguinte, a família se estabelece em outra pequena cidade, Riki. As memórias da autora sobre essa época mostram como a vida no interior era triste e solitária para ela; e o marido, que antes parecia um cavalheiro sofisticado e inteligente, converte-se num homem tedioso e desagradável. A vida se torna tão conflituosa que Nadiéjda Téffi toma uma decisão bastante incomum para sua época: volta, em 1898, para sua cidade, a capital São Petersburgo, onde começa uma nova vida, agora sem a família, e uma nova carreira: escritora. O abandono das filhas pequenas é reflexo de como a lei afetava as mulheres que buscavam o divórcio, pois cabia sempre ao pai a guarda exclusiva das crianças. Para tornar a situação ainda mais complexa, há depoimentos, comentados pela biógrafa Edythe Haber[1], de que ainda havia uma terceira criança, na verdade, um menino recém-nascido, mas sobre o qual Téffi nunca comentou nem fez nenhum registro, portanto não é consenso entre os pesquisadores que isso seja real.

---

1 Edythe Haber, *Teffi: A Life of Letters and of Laughter*. Londres: Bloomsbury, 2019. [TODAS AS NOTAS SÃO DA AUTORA.]

Independentemente do que se possa chamar de verdade, Téffi percebeu que o casamento e a vida fora da cidade seriam uma sentença de morte para sua escrita e, em certa medida, para a sua existência. Durante o período que passa casada, ela não volta a escrever nem retoma seus poemas de juventude. Nem mesmo o desejo de ser uma grande artista plástica parece sobreviver ao matrimônio. Voltar a Petersburgo, portanto, é de grande estímulo para sua produção. Mas há percalços a serem ultrapassados, afinal, ser mulher, divorciada e independente não abriu portas para a iniciante Téffi; sem mencionar que o mundo literário já era bem diferente do que ela conhecera quando morava na capital. O estilo sério dos anos 1880 dera espaço às cores e ao barulho de tudo aquilo que chamamos na cultura russa de Era de Prata. O decadentismo do *fin de siècle* russo desprezava o realismo e mergulhava no misticismo e na crítica aos valores burgueses. A corrente russa batizada de Simbolismo é marcada pela preocupação em transformar não só a realidade em uma nova arte, mas também em amalgamar a própria vida na arte. Todavia, muitas vezes a poesia simbolista se tornava tão difícil de ser compreendida que era alvo de zombaria.

Ao voltar a Petersburgo, Téffi teve contato com a forte influência simbolista. Essa influência pode ser vista nos poemas que escreveu à época, muito graves, em diálogo com o decadentismo em voga. Mas nem tudo é seriedade. Ela também se interessou pelas sátiras escritas sobre os poetas e nelas se inspirou para os primeiros contos de humor, reunidos em dois volumes no começo dos anos 1900 sob o título de *Contos humorísticos*. O traço satírico da literatura de Téffi foi a chave de seu sucesso com o público.

Na seleção dos contos deste volume, foi dada especial atenção para a faceta humorística da autora, justamente a que lhe rendeu tamanha popularidade. *Em lugar de política* e *O advogado da moda*, que abrem o livro, são exemplos do humor embricado na realidade que conquistou tantos leitores na virada do século. No primeiro, um militar aposentado, percebendo-se inútil e ultrapassado, teme os caminhos ideológicos do filho, um universitário que passa tempo demais fora de casa. O jovem, porém, consegue seduzir toda a família, durante o jantar, para um jogo de palavras no qual a política é, espertamente, deixada de lado. Também a realidade jurídica é deixada de lado por *O advogado da moda*, personagem que ajuda muito mais a condenar do que a salvar seus clientes. São refletidas nos contos as situações cômicas que surgem da realidade cada vez mais volátil da política e da justiça do instável Império Russo.

A produção humorística de Téffi conviveu com a produção dita "mais séria" por toda a sua vida, mas foi motivo de reflexão nesse início de carreira. Ela chegou a escrever: "Nasci em São Petersburgo na primavera e, como todos sabem, nossa primavera petersburguesa é extremamente volátil: o sol brilha, e agora já está chovendo. Portanto, como símbolo do teatro grego, eu também tenho duas faces, uma ri e outra chora"[2]. Os escritos da face chorosa, ou seja, os poemas, ela assinava com seu nome de batismo, mas os contos de humor e outros textos, preferiu assinar apenas "Téffi". O conto com ares de ensaio autobiográfico *O pseudônimo* narra como foi o trajeto de Nadiéjda até chegar a "Téffi". Sobretudo, conta como o pseudônimo deu à autora, mesmo sendo mulher e divorciada, a possibilidade de ser lida e encenada. (Sim, Téffi escreveu algumas peças teatrais, entre elas *A questão feminina*. Enviada ao

---

2 Ibid.

Teatro Mali, de São Petersburgo, é o primeiro texto assinado com o pseudônimo.) Ao buscar referência em uma pessoa que conheceu no passado, o tolo Steffi, ela encontra para si um nome que não aponta para nenhum gênero, e isso permite que seus textos cheguem ao maior número de leitores, sem o rótulo limitante de serem de autoria feminina.

Aqui, vale o adendo de que são comuns os casos de escritoras que recorrem a pseudônimos que apaguem a autoria feminina de seus livros, justamente à procura de uma recepção mais igualitária. Na Rússia – que busca com frequência, desde Stálin, retirar direitos conquistados pelas mulheres –, a realidade era a mesma que em todo o mundo: escrita era lugar de homem. Basta pararmos para pensar: quantos dos nomes ligados à literatura russa que conhecemos são de mulheres? Mas elas existiam e escreviam; seus nomes e obras, porém, foram invisibilizados. Téffi tinha plena consciência do quão transgressora era sua obra e do quanto seria necessário um bom nome para que ela perdurasse. Todavia, a figura por trás do nome não ficou escondida por muito tempo: o sucesso chegou.

Téffi circulava entre os meios abastados de São Petersburgo e, em suas reminiscências, conta como era a vida na capital intelectual do país. Seu conto *Raspútin* narra o encontro com o famoso bruxo da corte do último tsar. A proximidade de Téffi com a corte também se dá pela literatura. Em 1913, em celebração aos trezentos anos da dinastia Románov, um livro com autores contemporâneos estava sendo preparado, e, segundo as memórias da escritora e amiga de Téffi, Irina Odóievtseva, *Nas margens do Sena*,[3] o tsar havia dito que apenas contos de Téffi seriam necessários para que a coletânea fosse um sucesso: para que mais? A popularidade da autora era tamanha que seu nome foi dado a diversos produtos, de perfumes a doces. Odóievtseva conta ainda que certa fábrica de caramelos decidiu dar o nome de Téffi! (com exclamação mesmo) a um dos doces que produziam. Téffi recebeu 3 quilos em casa, enviados por um fã. De tão contente, segundo a amiga, teria comido tudo de uma vez.

Foi a face do humor que lhe trouxe esse grande reconhecimento, mesmo sendo uma rara figura entre os satíricos: uma mulher. E, por sua especificidade,

3 Irina Odóievtseva, *Na beregakh Sieni*. São Petersburgo: Lenizdat, 2014.

seu humor também era peculiar. Téffi dedicou-se a diversos temas, do mais doméstico ao mais mundano, mas a literatura que trata de si mesma encontrou em Téffi uma voz bastante ativa. Não são raros os contos que têm como tema principal a própria arte literária. Nesta coletânea, ótimos exemplos disso são os divertidos *Livro de mulherzinha* e *A literatura na vida*, nos quais a recepção da leitura, seja por críticos, seja por leitores comuns, não passa despercebida; ao contrário, há na vida de cada leitor espaço para debater, quando não viver, o que a literatura pauta.

A revolução de 1905 causou tremendo impacto em Téffi. Ela começou, então, a escrever para o jornal de esquerda *Vida Nova*. Um de seus poemas lá publicados, *Abelhas*, no qual descreve o trabalho pesado das costureiras nas fábricas, causou grande impacto em Vladímir Lênin. Até 1920, Téffi publica centenas de contos nos mais diversos periódicos literários de grande circulação, como a revista *Satírikon*, baseada em São Petersburgo e organizada por Arkádi Avértchenko, na qual publicou grande parte de seus contos humorísticos, e os diários moscovitas *Palavra Russa* e *Discurso*. O humor e a sátira foram os recursos mais usados por Téffi para retratar a vida russa contemporânea. Na admiração pelo seu talento, unem-se pessoas de diferentes visões políticas e convergem gostos literários diversos. Não é fácil pensar em qualquer outro escritor que tenha alcançado tal unanimidade no público e na crítica. E essa popularidade segue em alta não só na Rússia, mas também no Ocidente, que vem dando cada vez mais espaço às traduções de seus contos e de suas *Memórias* (1932).

Com o advento da Revolução Bolchevique, Téffi viu-se obrigada a integrar uma das maiores ondas migratórias do século XX, conhecida também como Emigração Branca, não sem antes tecer, inclusive em sua literatura, um retrato desanimado daquilo que estava acontecendo em seu país. *Monólogo de Petrogrado* é, nesta coletânea, um exemplo, ao lado de *O corso*, da visão cética e sarcástica da autora diante do avanço truculento dos bolcheviques. A vida pacífica e abastada da autora estava para terminar. *Monólogo de Petrogrado*, escrito no importante ano de 1918, faz questão de retratar quão sérios são os problemas reais diante do desejo de se falar de arte, mas não o faz em tom grave. Téffi ri do próprio desespero, ao colocar na boca do narrador o desejo de falar de arte, mas, como isso anda difícil, acaba sempre recaindo no problema da falta de comida. O tom do monólogo lembra muito um outro famoso monólogo russo, *Males do tabaco*, de Anton Tchékhov, no qual um homem é incumbido pela esposa de fazer uma palestra sobre os malefícios de fumar, mas acaba só nos contando como é humilhado por ela cotidianamente, e o assunto central acaba nem aparecendo. No monólogo de Téffi, o caminho é o mesmo: de tanto querer falar de arte, o narrador só consegue falar de comida, ou melhor, da falta dela, mostrando como o tema é urgente em plena guerra civil.

Outro conto do mesmo ano, *Um dia no futuro*, joga a desilusão do presente numa previsão dramática de futuro, na qual militares ignorantes comandam o país e são convidados para palestrar em faculdades como se fossem intelectuais, sem no entanto conseguir apresentar ideia alguma. Chamo atenção ainda para o início do conto: o primeiro parágrafo é quase chave de leitura, quase epígrafe. Nele se lê: "Se uma pedra lançada não encontrar no caminho um obstáculo, ela descreverá o arco previsto pela física e cairá". E ainda interpela o leitor: "Não é verdade?". Ou seja, o que ela descreve ali, aquela situação de inversão de valores intelectuais, aquele mundo em que a força bruta vale mais que o saber, é o caminho natural dessa pedra que foi jogada em 1918. E, de novo, o humor e a ridicularização são escolhidos como meio estético de crítica e, de certa forma, de premonição.

Contudo, segundo muitos estudiosos da autora, é equivocado e imediatista inserir Téffi no balaio de escritores conservadores, afinal, em vários escritos – inclusive naqueles admirados por Lênin –, ela demonstra sensibilidade em denunciar a situação inumana com que a população trabalhadora pobre é tratada no Império Russo. Mesmo consciente dessas dificuldades que assolavam trabalhadores por toda a Rússia, Téffi não pode concordar com o derramamento de sangue que pôs fim ao regime autocrático russo.

O avanço da guerra civil leva Téffi a sair de sua São Petersburgo natal para Odessa e, depois, para Paris. Ela escreve em seu diário que espera voltar logo à Rússia, mas isso não acontece. Na verdade, a autora nunca mais pisaria em solo russo. A Emigração Branca tem como uma de suas fortes marcas o desejo de retorno e a espera de que, a qualquer momento, a história mude e seja possível voltar. É assim com Marina Tsvetáieva, Ivan Kuprin e Ivan Búnin, por exemplo, que compõem, entre tantos outros artistas, essa onda migratória que tem como destino a Europa. Tal esperança já não acompanha os demais ciclos migratórios, como aquele dos anos 1970-1980, no qual deixam a União Soviética grandes nomes da literatura como Ióssif Bródski e Serguei Dovlátov. Outra característica interessante desse ciclo migratório posterior à Segunda Guerra é a recepção calorosa que esses nomes "dissidentes" recebem não mais nos países europeus, mas nos Estados Unidos, que veem nesses escritores emigrados um prato cheio para a propaganda antissoviética. Não é exatamente assim que acontece aos emigrados dos anos 1920, que, na verdade, sofrem muito com a adaptação cultural e com questões financeiras no estrangeiro.

Com Téffi, não foi diferente. Ao sair da Rússia, em 1920, ela passou pouco tempo em Istambul, depois Paris, então Wiesbaden e Berlim, para estabelecer-se definitivamente na capital francesa em 1923. O período que passou na Alemanha (1922-1923) foi especialmente difícil para Téffi. Apesar de Berlim ter recebido um número grande de imigrantes, a ponto de ser apelidada pelos alemães de segunda capital da Rússia, ela se sentia muito solitária. A cidade já tinha seis bancos russos, três jornais diários em russo, dezenas de livrarias e editoras russas quando Téffi chegou, e especula-se que entre 1922 e 1923 foram publicados mais livros russos em Berlim do que em Moscou e Petrogrado. Téffi aproveitou esse momento para retomar a escrita e publicou na Alemanha o livro de contos *Lince*, mais dois livros de poemas. Especialmente no livro de poemas *Passiflora*, dessa época, Téffi escreve sobre a morte. O tema aparece em decorrência da morte da irmã mais nova da autora, que ficara na Rússia. A perda da caçula Elena abala Téffi de tal forma que ela fica doente por muitos meses em Berlim. Quando se recupera, decide voltar a Paris de forma definitiva.

Na capital francesa, Téffi conseguiu se estabelecer social e economicamente. Em 1924 começa um longo relacionamento com Pável Tikston, milionário emigrado, que foi seu parceiro até a morte. Tikston teve um derrame em 1930, causado em parte pelos prejuízos da quebra da Bolsa de Nova York, na qual perde grande parte da fortuna da família. Téffi cuida de Tikston até o falecimento do banqueiro, em 1935. Com o advento da Segunda Guerra, o estado de saúde de Téffi, que já se deteriorava desde a morte do companheiro, se agrava após a chegada dos nazistas à França, aos quais ela recusa qualquer tipo de colaboração. Nadiéjda Téffi morreu em Paris aos 80 anos, em 6 de outubro de 1952, e foi enterrada no cemitério russo de Sainte-Geneviève-des-Bois, próxima a seu amigo de longuíssima data Ivan Búnin.

A estada de Téffi em Paris é de quase trinta anos. Na cidade, ela consegue publicar em periódicos e editoras russas lá estabelecidas e se torna uma das pessoas mais ativas e influentes da comunidade de emigrados russos: ajuda jovens escritores, consegue emprego para recém-chegados e promove encontros que tornam a vida longe da Rússia mais agradável. O estilo literário de Téffi apresenta novos elementos a partir da vida no exterior: ela não abandona o humor, ao contrário, ele segue com espaço nessa fase da autora, especialmente usado como recurso estético para abordar os acontecimentos no mundo soviético. A correspondência de *Cartas sutis* demonstra a dificuldade e até o ridículo que se impõem na comunicação entre russos na União Soviética e russos emigrados.

Mas o estilo memorialístico bem como a nostalgia começam a aparecer de forma mais recorrente em sua produção após 1920. A maior prova disso são os dois volumes de contos *Lince* e *Cidadezinha*. Este último dedica-se especialmente ao cotidiano russo em Paris. Também interessa à autora marcar as diferenças culturais entre russos e franceses, como o conto *Nostalgia* deixa claro. Há também, em muitos contos memorialísticos, a preocupação em manter vivas as lembranças que tem da pátria. *Meu primeiro Tolstói*, no qual ela narra o encontro que, ainda criança, teve com Liev Tolstói; ou *Raspútin*, um de seus contos mais celebrados até hoje, no qual narra seus breves e estranhos encontros investigativos com a lenda mítica da corte russa. Em outros textos, Téffi parece se apresentar àquele novo cenário: *Como eu vivo e trabalho* e *O pseudônimo* são alguns exemplos de como ela usa da sua voz literária para contar a própria história e explicar suas escolhas, numa tentativa de seguir na luta contra a invisibilidade que tanto ameaça as mulheres artistas.

As dificuldades da vida na imigração e a tristeza que abate quem está longe da pátria fizeram com que parte dos contos de Téffi fosse publicada até em periódicos soviéticos na Rússia, afinal estavam de acordo com a visão do regime que buscava desencorajar a vontade de emigrar entre os russos. A "grande tristeza" é nominalmente citada no conto *Matéria-prima* e, a partir dela, é possível perceber como o exílio se torna um lugar estéril, onde os russos abrem mão rapidamente de sua grandeza artística e se tornam matéria-prima para os franceses. O conto, inclusive, mostra como Téffi lança mão do uso de metáforas para construir imagens dignas da grande literatura russa: "E voam pelo céu corvos negros, dos quatro cantos. São muitos, muitos. Descem, sobem e, de novo, descem, gritam, grasnam. E não brigam. Para quê? Tem o bastante para todos". A imagem é apocalíptica e condiz com as preocupações nutridas pela autora a respeito do que seria da Rússia e da cultura russa agora que o país estava se tornando alguma outra coisa e a Europa parecia cada vez mais interessada na ruína russa, sua "matéria-prima". Ainda, questões sociais e de gênero tornam-se centrais em sua produção francesa, como em *Marquita* e *Tempo*. O último conto desta coletânea, *E o tempo não mais existia*, tem um tom diferente dos demais. Publicado no livro *Arco-íris terreno*, de 1952, ano de sua morte, é um conto que trabalha a noção de tempo de forma filosófica em claro paralelo ao texto bíblico, muito inspirado justamente pelas mudanças de visão de mundo que o fim da Segunda Guerra trouxe à autora.

Também é desse período o seu único romance, *Um romance de aventura* (*Aventurni roman*), ainda inédito no Brasil, hoje muito estudado pelos críticos como uma obra singular dentro das representações que se faziam das mulheres na imigração e a dificuldade que elas enfrentavam por serem justamente mulheres estrangeiras. Segundo a teórica Natalia Starostina[4], "Téffi encorajou mulheres emigrantes russas a valorizar o legado cultural que trouxeram, tanto pelos seus textos memorialísticos quanto pelos escritos sobre a comunidade russa em Paris"; e mais: "Ela inspirou os emigrados a respeitar a herança cultural que trouxeram porque ela é a identidade que possuem". Ao pensar nos caminhos que a Rússia tomou desde então, é seguro dizer que as sátiras e as reflexões de Téffi se fazem ainda mais vivas.

---

4 Natalia Starostina, "On Nostalgia and Courage: Russian Émigré Experience in Interwar Paris through the Eyes of Nadezhda Teffi", *Diasporas*, n. 22, pp. 38-53, 2013.

SOBRE A SELEÇÃO E A TRADUÇÃO

Apresentar uma autora inédita aos leitores brasileiros é um desafio imenso. Depois de anos de maturação desse projeto, que nasceu da pesquisa constante em busca de jogar luz sobre as escritoras russas, encontrei viabilidade para enfrentá-lo na parceria que tenho, também há anos, com as pesquisadoras e tradutoras Letícia Mei e Priscila Marques. Coube a mim pesquisar nas mais diversas coletâneas russas, soviéticas, francesas, americanas e italianas quais seriam os contos mais relevantes segundo a crítica. Todavia, essa seleção não faz sentido sem ter em mente quais contos seriam mais interessantes ao leitor brasileiro neste momento de recepção tão bem consolidada da literatura russa no Brasil. Justamente para dialogar com a tradição, selecionei contos que, além da qualidade literária, tratam da relação da autora com o cânone russo. Não à toa, Téffi cita Tolstói, Dostoiévski e outras referências conhecidas do público brasileiro.

Assim, a tradução dos contos aqui apresentados foi dividida entre nós três. A preocupação com o tom adequado para cada momento literário de Téffi nos exigiu certa reflexão em busca de unidade; dessa forma, o leitor passeia por escolhas tradutórias pensadas minuciosamente. Perceber a relação que a autora tem com a oralidade, com os ditos populares, e a forma como os diálogos são usados para apresentar personagens foram alguns dos desafios da tradução. No humor, Téffi utiliza trocadilhos com frequência, o que fez com que recriássemos piadas e buscássemos sonoridades que, em português, dessem conta da criatividade da autora. O mesmo se dá com passagens poéticas, traduzidas aqui tendo em mente a delicadeza característica de Téffi, uma vez que ela mesma foi poeta por quase toda a vida. A própria interpolação de passagens corriqueiras com descrições líricas foi traduzida com cuidado para que esse contraste também se faça sentir em português.

A obra de Téffi pretende encorajar especialmente mulheres na busca pela sua existência e visibilidade. E é pelas mãos de algumas de nós que seus contos chegam pela primeira vez ao leitor brasileiro.

SOBRE AS TRADUTORAS

LETÍCIA MEI – Doutora em letras pela Universidade de São Paulo e tradutora do russo, francês, italiano e espanhol. Recebeu os prêmios APCA (2018), Boris Schnaiderman/ Abralic (2019) e Jabuti (2019) pela tradução de *Sobre isto* (Editora 34, 2018), de Maiakóvski. É professora convidada do Centro de Estudos de Tradução Literária da Casa Guilherme de Almeida e de cursos de extensão da FFLCH/USP. Neste volume, ela traduziu os contos: *Remanso*, *Nostalgia*, *Matéria-prima*, *Cartas sutis*, *Que faire?*, *Raspútin*, *Como eu vivo e trabalho*, *Cidadezinha*, *Marquita*, *Florzinha branca*, *Tempo* e *Flerte*.

PRISCILA MARQUES – Professora do curso de russo da Universidade Federal do Rio de Janeiro. Mestre e doutora em literatura e cultura russa pela Universidade de São Paulo. Pesquisadora e tradutora de literatura russa, com traduções e trabalhos publicados sobre a psicologia da arte de Vigotski e a literatura dostoievskiana. Neste volume, ela traduziu os contos: *Em lugar de política*, *O advogado da moda*, *O corso*, *Feriado santo*, *Livro de mulherzinha*, *Imbecis*, *A literatura na vida*,

O dever e a honra, *Animal sem vida*, *Monólogo de Petrogrado*, *Um dia no futuro*, *O cachorro* e *E o tempo não mais existia*.

RAQUEL TOLEDO – Editora e crítica literária, é mestre em literatura e cultura russa pela Universidade de São Paulo, na qual iniciou sua pesquisa sobre escritoras russas. Professora de literatura no ensino regular, é tradutora do russo e ministra cursos livres sobre cultura russa. Neste volume, foi responsável pela seleção dos textos, o posfácio e a tradução dos contos *Meu primeiro Tolstói* e *O pseudônimo*.

SOBRE OS TEXTOS

Origem e data da primeira publicação dos contos em livro ou na imprensa.

PARTE 1 – NA RÚSSIA

Em lugar de política, O advogado da moda, O corso, Feriado santo – Contos humorísticos vols. 1 e 2 (1910-1911); *Livro de mulherzinha, Imbecis, A literatura na vida* – E assim foi (1912); *O dever e a honra* – Carrossel (1913); *Animal sem vida, Remanso* – Animal sem vida (1916); *Monólogo de Petrogrado* (1918); *Um dia no futuro* (1918)

PARTE 2 – NA IMIGRAÇÃO

Meu primeiro Tolstói (1920); *Nostalgia, Matéria-prima, Cartas sutis, Que faire?* – Lince (1923); *Raspútin* (1924); *Como eu vivo e trabalho* (1926); *Cidadezinha, Marquita, Florzinha branca* – Cidadezinha (1927); *O pseudônimo* (1931); *O cachorro* – A bruxa (1936); *Tempo, Flerte* – Tudo sobre o amor (1946); *E o tempo não mais existia* – Arco-íris terreno (1952)

PREPARAÇÃO Paula Colonelli
REVISÃO Ricardo Jensen de Oliveira, Huendel Viana e Tamara Sender
PROJETO GRÁFICO Mayumi Okuyama

DIRETOR-EXECUTIVO Fabiano Curi

EDITORIAL
Graziella Beting (diretora editorial)
Livia Deorsola e Julia Bussius (editoras)
Laura Lotufo (editora de arte)
Kaio Cassio (editor-assistente)
Gabrielly Saraiva (assistente editorial/direitos autorais)
Lilia Góes (produtora gráfica)

RELAÇÕES INSTITUCIONAIS E IMPRENSA Clara Dias
COMUNICAÇÃO Ronaldo Vitor
COMERCIAL Fábio Igaki
ADMINISTRATIVO Lilian Périgo
EXPEDIÇÃO Nelson Figueiredo
ATENDIMENTO AO CLIENTE Meire David
DIVULGAÇÃO/LIVRARIAS E ESCOLAS Rosália Meirelles

EDITORA CARAMBAIA
Av. São Luís, 86, cj. 182
01046-000 São Paulo SP
contato@carambaia.com.br
www.carambaia.com.br

CIP-BRASIL. CATALOGAÇÃO NA PUBLICAÇÃO
SINDICATO NACIONAL DOS EDITORES DE LIVROS, RJ

T257c
Téffi, 1872-1952
Contos / Téffi; organização e posfácio Raquel Toledo;
tradução Letícia Mei, Priscila Marques, Raquel Toledo.
1. ed. – São Paulo: Carambaia, 2023.
392 p.; 20 cm

Tradução de: *Юмористические рассказы*.
ISBN 978-65-5461-030-8

1. Contos russos. I. Toledo, Raquel. II. Mei, Letícia.
III. Marques, Priscila. IV. Título.

23-85473 CDD: 891.73 CDU: 82-34(470+571)
Meri Gleice Rodrigues de Souza – Bibliotecária CRB-7/6439

O projeto gráfico deste livro foi guiado pela figura da autora, mulher forte, sofisticada, dona de um olhar aguçado sobre todos os estratos da sociedade. O pseudônimo "Téffi", em destaque na capa, reforça a noção de deslocamento, da profundidade e das incisões precisas que a escritora traz em seus contos. A paleta de cores utilizada remete ao simbolismo russo, desenvolvido no período em que Téffi viveu no país.

Os títulos das duas partes do livro seguem a ideia de movimento, de fissura. "Na Rússia" está direcionado para cima, como se atravessando todas as camadas hierárquicas da sociedade. "Na imigração", orientado para baixo, sugere uma viagem vertical em si mesmo.

A família tipográfica dos títulos é a Superior Title, de Jeremy Mickel. No texto, a fonte usada é a Garamond, desenvolvida por Robert Slimbach, uma reinterpretação contemporânea dos tipos de chumbo do tipógrafo francês Claude Garamond (1480-1561).

O livro foi impresso em Pólen Bold 70 g/m² na Geográfica em agosto de 2023.

Este exemplar é o de número

0749

de uma tiragem de 1.000 cópias